光文社文庫

支援捜査
遊軍刑事(デカ)・野上 謙
『怨恨 遊軍刑事(デカ)・三上謙』改題

南　英男

光文社

この作品は二〇一五年二月に刊行された『怨恨　遊軍刑事・三上謙』を改題の上、著者が大幅に加筆修正したものです。
この物語はフィクションであり、作品中に登場する人名や団体名、建物名、事件名などはすべて実在のものとは一切関係ありません。

目次

第一章　美人社長の死 … 5

第二章　少女売春クラブ … 67

第三章　不自然な摘発 … 126

第四章　消えた恐喝相続人 … 188

第五章　驚愕の真相 … 250

第一章　美人社長の死

1

　しどけない姿の美女が後ろ向きになった。ストリッパーだ。舞台には、スポットライトしか灯っていない。二月上旬の夜である。外は小雪がちらついていたが、場内は熱気で汗ばむほどだった。
　渋谷の道玄坂にあるストリップ劇場だ。
　野上謙は最前列の椅子に腰かけていた。
　およそ五十席のシートは埋まっている。中高年の男性客が圧倒的に多い。エプロンステージの近くには、客に成りすました三人の同僚刑事が坐っていた。間もなく摘発に着手する予定だ。

円錐形の光の底で妖しく腰をくねらせている踊り子は、日本人ではなかった。コロンビア人だ。

カテリーナという芸名で、二十三歳である。スペイン人の血が混じっているようだ。瑞々しい肌は白い。ただ、肌理は粗かった。

野上は渋谷署の刑事である。三十八歳で、職階は警部補だった。生活安全課防犯係の一員で、ストリップ劇場の本番ショー、売春クラブ、違法風俗店、ハプニングバー、麻薬などの取り締まりに当たっている。いわゆる風俗刑事だ。

野上は、去年の九月まで警視庁捜査一課第四強行犯捜査殺人犯捜査第三係の主任だった。

敏腕刑事として、その存在を知られていた。

だが、人生には落とし穴があった。池袋署に設置された中国人マッサージ嬢殺害事件の捜査本部に出張った際、上司だった管理官を跳ね腰で投げ飛ばしてしまったのだ。

その管理官は国家公務員総合職（旧Ｉ種）試験に合格した警察官僚で、所轄署の刑事たちを露骨に見下していた。野上は義憤に駆られ、高慢な上司を痛めつけた。思い上がった人間は大嫌いだった。軽蔑もしている。

野上は大人げないことをしたと思ったが、特に後悔はしなかった。約二十九万七千人の警察組織を支配しているのは、およそ六百人のキャリアだ。

一般警察官がエリートの有資格者に乱暴なことをした。当然、ペナルティーを科せられることは覚悟していた。人事異動で、野上は渋谷署生活安全課に左遷された。しかも、平刑事に降格だった。

世田谷区内で生まれ育った野上は都内の名門私大を卒業し、警視庁採用のノンキャリアになった。特に上昇志向はなかったが、一年の交番勤務を経ただけで、刑事に昇任されて神田署刑事課強行犯係に転属になった。私服の刑事には漠然と憧れていた。素直に喜んだ。

その後、野上は三つの所轄署を渡り歩き、二十八歳で本庁勤務を命じられた。それ以来、一貫して殺人捜査に携わってきた。

身から出た錆とはいえ、所轄署に飛ばされたことはショックだった。しかし、依願退職する気はなかった。刑事を天職と思っていたからだ。

渋谷署に移って数カ月後、野上は神谷良次署長に呼ばれた。五十四歳の神谷はノンキャリアながら、かつては本庁捜査一課の管理官を務めた人物だ。ノンキャリアの星だった。

神谷は野上が風俗刑事でくすぶっているのは警察の損失だと煽て、署長直属の遊軍刑事にならないかと打診してきた。

野上は二つ返事で快諾した。こうして生活安全課に籍を置いたまま、殺人事件の支援捜

査に従事するようになったわけだ。

野上は、これまでに三件の殺人事件を解決に導いた。だが、表向きは彼の手柄にはなっていない。非公式の助っ人要員の宿命だろう。

野上の裏支援捜査のことは、署長、副署長、刑事課長、生活安全課長の四人だけしか知らない。支援刑事に抜擢されたからといっても、特別手当は支給されていない。

特典は、拳銃の常時携行を特別に認められていることだ。加えて専用の覆面パトカーも貸与されている。灰色のプリウスだが、警察無線はパネルで隠されていなく、特別仕様車だ。

野上は男臭い顔立ちで、上背もある。柔道と剣道はそれぞれ三段だった。射撃術は上級だ。

大学時代はボクシング部に所属していた。三年生のとき、ウェルター級の学生チャンピオンに輝いた。右フックは必殺パンチだった。多くの人間にプロ入りを勧められたほどだ。

BGMが『ハーレム・ノクターン』に変わった。煽情的なサックスの音が高まると、観客が静まり返った。

カテリーナが張りのあるヒップを淫らにくねらせながら、スパンコールで光る小さなバタフライを足首に落とした。客の男たちがどよめく。

揺れる白いヒップがなまめかしかった。生唾を溜めた男もいそうだ。ウエストのくびれが深い。腰の曲線は悩ましかった。

カテリーナは、素肌に透け透けのベビードール風のナイトウェアをまとっている。これまでの内偵で、カテリーナのショーの進行手順はわかっていた。

最初にセクシーなダンスを披露し、ステージの中央でパンティーを脱ぐ。それからターンして、エプロンステージの端まで歩を運ぶ。乳房は初めから剥き出しだ。秘部はナイトウェアの裾で巧みに隠し、客を焦らしに焦らす。むろん、演出だ。カテリーナの地毛は黒色だが、セミロングの髪はブロンドに染められている。恥毛も蜂蜜色だ。その後、大きく開脚して性器を客たちに晒す。エプロンステージに身を横たえ、切なげな表情で自分の体を慰める。

カテリーナはサービス精神旺盛だ。二千円でインスタントカメラを借りたがぶりつきの客には、合わせ目を指で押し拡げて襞の奥まで覗かせる。その瞬間、シャッターが切られることが多い。

やがて、カテリーナは舞台の中央に戻って、ハードマットレスを敷く。その上で、客の男と交わる段取りだ。俗に"マナ板ショー"と呼ばれる本番ショーは、劇場の売りになっていた。生のファックシーンを観たくて入場する者が大半なのではないか。

ストリッパーが局部を露出した時点で、摘発の対象になる。同僚たちは手入れの準備をしているにちがいない。

野上自身は、この種の摘発には熱心ではなかった。ストリッパーたちのいかがわしい行為は間違いなく法に触れている。

しかし、被害者がいるわけではない。個人的にはストリッパーや劇場主を罰する必要はないと考えている。摘発を重ねても、どうせ同じことが繰り返されるのは明白だ。生活安全課防犯係は、ほかにやらなければならないことがある。ストーカーに悩まされている女性たちを護ることの方が先ではないか。薬物の密売ももっと厳しく取り締まるべきだろう。

カテリーナが観客たちに色目を使いながら、エプロンステージに横たわった。豊満な乳房をまさぐり、股間に指を這(は)わせる。

同僚刑事たちが目配せし合った。

ちょうどそのとき、場内が真っ暗になった。劇場支配人が手入れの気配を感じ取って、照明を落としたようだ。同じ前例があった。

「おーい、どうしたんだよ!?」

客のひとりが大声を発した。すぐに誰かが応じる。

「手入れがあるんじゃないの?」
「そうかもしれないな。みんなで、お巡りを締め出そうや」
「賛成!」
　場内が騒然となった。カテリーナが身を起こし、焦って舞台の袖に引っ込む。同僚の刑事たちは、まだ性行為の写真を撮っていない。立件の証拠としては、やや弱い。摘発は難しくなった。
　客たちが次々に出入口に走る。野上は椅子から立ち上がったが、誰にも声をかけなかった。
　数分後、場内の電灯が点いた。
　残っている客はわずか数人だった。場内アナウンスが流れ、間もなくカテリーナのショーが再開されると告げた。居残った数人の客は一様に戸惑った顔つきだった。摘発の指揮を執っていた三十三歳の巡査部長が無言で出入口を指さした。野上たち四人は少しずつ間を取りながら、さりげなくストリップ劇場を出た。
　二台の覆面パトカーは、近くの円山町の外れの路上に駐めてある。スカイラインとクラウンだ。四人は二台の車に分乗した。明治通りに面していた。六、七分で、渋谷署に着いた。
　署はJR渋谷駅の斜め前にある。

野上たち四人は、地下車庫からエレベーターで三階に上がった。生活安全課の刑事部屋に入ると、城戸正則課長が野上を手招きした。命令が下ったらしい。野上は課長席に足を向けた。
「ご苦労さん！　車で移動中の宇崎巡査部長から摘発を中止したという報告があったよ」
　城戸が部下を労った。四十六歳だが、まだ若々しく見える。童顔のせいだろう。職階は警部だった。
「そうですか。劇場側に手入れを見抜かれてしまったんでしょう」
「そういうこともあるよ。気にしないでくれ」
「はい。署長から呼集がかかったのでしょうか？」
　野上は訊いた。警察関係者は招集を呼集と言い換えている。
「そうなんだ。きみが戻ったら、署長室に来るようにとのご指示だった」
「わかりました」
「三週間あまり前に管内でブライダルプランナーでもある美人社長が殺害されて、渋谷署に捜査本部が立った」
「ええ」
「しかし、まだ容疑者の特定には至っていない。その支援捜査に駆り出されるんだろう。

部下たちには、いつものように病欠ということにしておく」
城戸が小声で言った。
野上は特命が下るたびに持病の喘息が悪化したという口実で、ていない。そのため、同僚たちには頼りにならないと思われている。現に〝弱っちい奴〟と陰口もたたかれていた。
野上は刑事部屋を出て、エレベーターで一階に降りた。署長室は奥まった場所にある。大股で進む。
野上は署長室のドアをノックして、大声で名乗った。あたりに人影はなかった。
神谷署長の声で応答があった。野上はすぐ入室した。
署長室は割に広い。窓寄りに大きな執務机が置かれ、ほぼ中央に八人掛けのソファセットが据えられている。ソファは総革張りだ。
神谷署長はコーヒーテーブルを挟んで、刑事課長の伏見晴敏警部と向かい合っていた。
伏見は四十九歳だ。二十代のころから捜査畑を歩いてきた。色が浅黒く、東南アジア人によく間違えられるらしい。
「また野上君の力を借りることになった。このところ毎月、動いてもらってるね。ま、掛けてくれないか」

署長の神谷警視正が言った。

野上は一礼してから、伏見刑事課長の隣のソファに腰を落とした。神谷署長が幾分、前屈みになった。

「一月十四日の夜、村瀬茜という三十六歳の女性社長が宮益坂の自分のオフィスで絞殺された事件は記憶に新しいと思う」

「ええ。確か凶器は、革紐でしたよね」

「そうなんだが、事件現場には遺されていなかった。金品は奪われてなかったし、被害者は性的な暴行も受けていない」

「報道によると、怨恨による犯行のようですが……」

「その線が疑われたんで、渋谷署の強行犯係と本庁捜一の殺人犯捜査六係は鑑取りに力を入れたんだ。だが、容疑者の絞り込みはできなかった」

「疑わしい人物は何人か捜査線上に浮かんだんだが、いずれもシロだったんだよ」

「捜一の六係は優秀な連中ばかりですし、伏見さんの部下たちも有能です。捜査に手落ちはなかったんでしょう？」

「そう思いたいが、捜査に甘さがあったのかもしれないな。だから、きみに支援捜査をし

「そうですか。初動と第一期捜査の事件調書を読ませてください」

野上は促した。

伏見が卓上の黒いファイルを引き寄せる。野上はファイルを受け取って、表紙とフロントページの間に挟まれた鑑識写真の束を手に取った。その大半は、遺体をさまざまなアングルから撮影したものだった。

被害者の美人社長は、事務机と応接ソファの間に俯せに倒れている。それが発見時の姿だ。

仰向けにされた写真も数葉あった。首には、索条痕がくっきりと彫り込まれている。口は半開きだった。眉根は寄せられ、顔全体が歪んでいる。いかにも苦しげな死顔だ。

加害者は女性社長の背後から革紐を首に回し、一気に引き絞ったのだろう。被害者は尿失禁していた。

野上はすべての鑑識写真に目を通すと、捜査資料をじっくりと読みはじめた。

事件現場は、渋谷一丁目にある雑居ビルの四階の『フォーエバー』の事務所内だった。

殺された村瀬茜は五年前にブライダルプランニング会社を設立し、空中結婚式、海底結婚式、街頭結婚式などユニークな挙式をプロデュースしていた。社員は十三人で、去年の年

商は一億円に満たない。

それでも、被害者は贅沢な暮らしをしていた。借りていた神宮前のマンションは2LDKで、家賃は五十万円近かった。愛車はポルシェだった。

初動捜査で、茜がダーティー・ビジネスで副収入を得ていたことが明らかになった。

被害者は実弟の村瀬雅也、三十三歳に『女子高生お散歩クラブ』なる売春組織を運営させて荒稼ぎしていた。現役女子高生にリッチな中高年男性を斡旋し、九十分コースで十万円ものプレイ代を取っていた。

登録していた女子高生は、驚くことに百三十二人だった。良家の子女も少なくなかった。

稼ぎ頭は、月に百五十万円前後も稼いでいた。少ない者でも、売春で三、四十万円を得ていたと記述されている。

オーナーは、売春代金の四割を搾取していた。本業は不振でも、違法ビジネスで大きな利益を捻り出していたことになる。

さらに村瀬茜はブラックジャーナリストの篠誠、四十四歳とつるんで企業恐喝を働いていた。とんでもない悪女だったと言えるのではないか。

茜は去年の初冬から分け前を巡って、篠と揉めていた。また、みかじめ料を払わないことで、暴力団から脅迫されていた事実も第一期捜査で判明した。

茜は自分の会社のビデオカメラマンの木滑春馬、二十七歳をベッドパートナーにしていた。しかし、木滑は美人社長に隠れて二十三歳の美容師とも交際していた。そのことが原因で、被害者は人前で木滑をしばしば罵倒していたらしい。

野上は肝心なことを頭に刻みつけた。

事件通報者は被害者の実弟だった。一月十四日の午後十時から姉に連絡がつかなくなったことに悪い予感を覚え、村瀬雅也は翌十五日の午前八時過ぎに先に姉の自宅マンションを訪れた。預かっていたスペアキーで茜の部屋に入ってみたが、誰もいなかった。

村瀬は姉の会社に回った。恐る恐る『フォーエバー』に足を踏み入れると、姉の死体が転がっていた。ドアは施錠されていなかった。

遺体は渋谷署で本格検視を受け、その日の午後に東京都監察医務院で司法解剖された。死因は絞頸による窒息だった。死亡推定日時は、一月十四日の午後十時から同十一時半の間とされた。

捜査本部は、真っ先にみかじめ料の件で反目していた暴力団『渋谷天龍会』を怪しんだ。宇田川町一帯を縄張りにしている組織は、高級少女売春クラブのオーナーだった被害者に月十万円のみかじめ料を払えと迫った。

だが、女性社長は要求を拒んだ。そのことで、村瀬姉弟は何回も脅迫電話を受けてい

しかし、『渋谷天龍会』の中に疑わしい者はいなかった。次に捜査本部は、ブラックジャーナリストの篠誠のベッドパートナーだった木滑春馬も、捜査対象者になった。木滑の事件当夜のアリバイは完璧だった。

「事件調書を読んで臭いと直感した者はいるかね?」

神谷が野上に問いかけてきた。

「いいえ」

「そうか。捜査本部がマークした連中は実行犯じゃなさそうだが、第三者に村瀬茜を葬らせた疑いはあるんじゃないかな」

「その疑いはゼロではないでしょうね。疑惑を持たれた者たちを調べ直してみます」

「そうしてくれないか。専用の捜査車輛は今夜から自由に使ってくれていい」

「そうさせてもらいます」

野上は駒沢の賃貸マンションで暮らしている。マイカーは所有していないが、署長直属の遊軍刑事になったときに一台分の駐車スペースを確保してあった。その賃料は野上が立て替える形になっていたが、ちゃんと官費で賄われている。

「明日から動いてもらえるね」
「そのつもりです」
「三期に入る前に片をつけてほしいんだが、決して無理はしないようにな」
「わかりました」
「野上君、よろしく頼む」
　神谷署長が言って、伏見刑事課長に目配せした。伏見がうなずき、懐から分厚く膨らんだ茶封筒を取り出した。
「当座の捜査費だ。ちょうど百万円入ってる。いつものように領収証は必要ない。足りなくなったら、すぐに補充するよ」
「その節はよろしくお願いします」
「拳銃格納庫に行けば、係の者がシグＰ230Ｊと予備のマガジンを出してくれるはずだ。もう話は通してある」
「助かります。では、お預かりします」
　野上は札束入りの封筒を受け取ると、黒いファイルを摑んで腰を浮かせた。

2

　芳香剤の匂いが蟠（わだかま）っている。
　かつて『フォーエバー』のオフィスだった空き室だ。野上は、がらんとした室内を見回した。特命が下された翌日の午前十時半過ぎである。野上は事件現場で何か手がかりを得たいと考えていたわけではなかった。殺人現場に臨むことで、自分を奮（ふる）い立たせたかったのだ。
　殺人事件の痕跡はまったくうかがえない。
　かたわらで、不動産管理会社の若い男性社員がぼやいた。細島（ほそじま）という姓で、二十代半ばに見える。
「綺麗（きれい）なもんですよね。でも当分、新たな借り手はいないでしょう」
「このビルのオーナーは、とんだ災難だったね」
「オーナーだけではなく、当社も迷惑してますよ。事故物件は借り手がなかなか見つからないんです。オーナーと相談して、この部屋の家賃を三割も安くしたのに、いまのところ内覧希望者はいません」
「事件が起こって、まだ一カ月も経ってないからね。もうしばらく借り手は見つからない

「フロアが血の海になったわけではありませんが、人が殺されたんで気味悪がる人が多いんでしょうね」
「だろうな」
「半年も借り手が現われなかったら、オーナーは村瀬茜さんの遺族を相手取って民事裁判を起こすと言っています。しかし、小田原の実家にいるご両親は年金暮らしで、故人の弟さんも現在は職に就かれていないようですので……」
「遺族に賠償金を払ってもらうことは難しいだろうね。立ち会ってもらって、ありがとう」

野上は細島に礼を言って、先に空き室を出た。すぐにエレベーターに乗り込み、雑居ビルを後にする。

野上はプリウスに乗り込んで、すぐ宇田川町に向かった。『渋谷天龍会』の本部事務所は井ノ頭通りに面している。宇田川交番の近くだった。

捜査本部の調べによると、村瀬姉弟に執拗にみかじめ料を払えと脅迫したのは準幹部の和久滋、三十七歳だった。恐喝と傷害の犯歴があり、捜査資料には和久の顔写真も貼り付されていた。

ほんのひとっ走りで、目的地に着いた。
 野上は覆面パトカーを路上に駐めた。四、五十メートル歩いて、『渋谷天龍会』の持ちビルに急ぐ。
 六階建てのビルの外壁は黒色だった。なんとも異様だ。一階の窓の半分は、分厚い鉄板で覆われている。監視カメラは四基も設置されていた。
 代紋を掲げることは法で禁じられている。『渋谷天龍会』の看板はどこにも見当たらない。しかし、暴力団の本部事務所であることは一目瞭然だった。
 野上は色の濃いサングラスをかけてから、インターフォンを鳴らした。
 だが、応答はなかった。モニターで来訪者を観察しているにちがいない。もう一度、インターフォンを響かせる。
 と、ドアが開けられた。応対に現われたのは二十四、五歳の男だった。剃髪頭で、両の眉を剃り落としている。三白眼で、唇が薄い。凶暴そうな面相だ。
「おたく、どなた？」
「昔、府中刑務所で和久と同じ雑居房にいたんだよ」
 野上は前科者を装った。素姓を明かさないことが多かった。
 野上は犯罪者、フリージャ

ーナリスト、調査員、弁護士などに化けて情報を集めている。
「和久さんのお知り合いでしたか。兄貴は、いつも夕方に事務所に顔を出すんですよ。多分、まだ代々木の自宅マンションにいると思うな」
「それじゃ、和久の家に行ってみよう」
「留守かもしれないっすから、自分が用件をうかがってもいいっすけど」
「銭になる話を持ってきたんだ。本人に直に話したいんだよ」
「そういうことなら、兄貴のマンションに行ってみてください」
　相手が軽く頭を下げて、すぐ引っ込んだ。和久の現住所は捜査資料に載っていた。
　野上は暴力団本部事務所を辞して、覆面パトカーに足を向けた。十数メートル進むと、前方から生活安全課の同僚たちが歩いてきた。二人だった。どちらも三十代の前半だ。片方は伊原で、もうひとりは安東という苗字だった。
　野上はサングラスをかけている。同僚たちと擦れ違っても、気づかれないだろう。野上は自然な足取りで進んだ。だが、見破られてしまった。同僚たちが近寄ってくる。
「あれっ、野上さんですよね?」
　伊原が立ち止まった。安東もたたずむ。まずいことになった。なんとか切り抜けなければならない。

野上は内心の狼狽を隠して、努めて自然にサングラスを外した。
「聞き込みか？」
「ええ、まあ。また、喘息の発作がひどくなったそうですね。城戸課長から、野上さんが一週間か十日ほど休むという話を聞きました」
　伊原が言った。
「そうか。みんなに迷惑をかけるな」
「野上さん、そんなこと気にしないでください。学生時代にハードパンチャーとして鳴らして柔剣道も三段だと聞いていたので、健康そのものだと思っていましたが……」
「おれはヘビースモーカーなんで、二十代のころから気管支と肺が弱かったんだよ。なかなか禁煙できないんで、慢性の喘息になってしまったんだ」
　野上は言って、わざと咳き込んだ。安東が口を開く。
「背中、さすりましょう」
「いや、大丈夫だ」
「この近くに、いつも通ってるクリニックがあるんですか？」
「そうなんだ。鎮咳剤を処方してもらって、塒に帰るところだったんだよ」
　野上は話を合わせた。

「大学病院で一度、精密検査を受けたほうがいいのではありませんか。ただの慢性喘息じゃないかもしれませんのよ」
「そうしたほうがいいのかな」
「ええ、そう思います。どうかお大事に！」
　安東が言って、伊原とゆっくりと遠ざかっていった。
　二人に裏捜査のことを気取られたのではないか。野上は何歩か前進してから、踵を返した。足音を殺しながら、二人の同僚の背後に迫る。会話が耳に届いた。
「本庁では凄腕だったらしいが、毎月、何日も病欠するようじゃ、戦力にならない。な、安東？」
「そうですね。おれたちは体力勝負ですんで、病気がちな刑事は……」
「いらないか」
「はい、お荷物になるだけでしょ」
「ま、そうだな」
「伊原さん、課長に元本庁の敏腕刑事はもう使えないって進言してくれませんか」
「そこまでは言えないよ。次の人事異動で、おそらく野上警部補はどこかの署の地味な課に飛ばされるだろう」

伊原が応じた。会話が途絶えた。
　野上は立ち止まって、体を反転させた。二人の同僚は、自分の別の貌を知らないにちがいない。野上はひとまず安堵し、プリウスに駆け寄った。職務中は常にマナーモードにしてあった。
　運転席に乗り込んだとき、私物のスマートフォンが震動した。
　発信者は、二年前から交際している高梨沙也加だった。関東テレビの編成局編成部員だ。三十二歳で、個性的な美人である。
　沙也加は、四年前まで毎朝日報報道局社会部の記者だった。その当時、野上は聞き込み先でちょくちょく沙也加と鉢合わせした。沙也加は仕事熱心な事件記者だったが、三年前に文化部に異動になった。
　外部の圧力に屈してしまったデスクを腰抜けだと罵倒したことで、社会部にいられなくなったようだ。文化部では美術担当だったが、性に合わなかったらしい。沙也加はテレビ局に転職した。
　報道局社会部志望だったが、編成局編成部に配属された。腐っているころ、ある酒場で偶然に二人は再会した。それがきっかけで野上は沙也加とつき合うようになり、親密な間柄になったのだ。

彼女は週に一、二度、野上の部屋に泊まっている。単なる恋人ではなかった。沙也加は支援捜査の相棒でもあった。編成局だけではなく、報道局からも支援捜査に関わりのある情報を引き出してくれている。時には、張り込みや尾行の手伝いもしてくれていた。
「今夜、寄せ鍋でもつつかない？　食材を買い込んで、謙さんの部屋に行くわ」
「悪い！　今夜はつき合えそうもないんだ」
野上は言った。
「署長の特命が下ったのね。そうなんでしょ？」
「いい勘してるな」
「すぐにわかるわよ。だって、声が弾んでるもの」
「そうか。きみもなんか嬉しそうだな」
「わくわくしてきたわ。報道局で拾ってもらえなかったけど、もともとは事件記者だからね。まだ記者魂は死んでいないから、謙さん、また何かこっそり手伝わせて」
「内緒で民間人に協力してもらってることが署長や刑事課長にバレたら、遊軍刑事でいられなくなるだろうな」
「でしょうね。でも、わたしの出番を用意してくれなかったら、謙さんのルール違反のことを本庁人事一課監察に密告しちゃうわよ」

「本気なのか!?」
「冗談よ。捜査本部はブライダルプランナー殺しの事件を追ってたはずよね。その支援捜査を命じられたんでしょ?」
「そうなんだ」
「うちの社会部から、それとなく情報を探り出してあげる」
「沙也加、あんまり無理をするなよ。きみが関東テレビを解雇されたら……」
「わたし、別に困らないわ。職を失ったら、謙さんに食べさせてもらうから」
「沙也加には惚れてるが、まだ結婚のことまでは考えてないんだ。殉職したら、きみを路頭に迷わせることになるだろう」
「結婚願望なんかないから、安心して。謙さんとは長くつき合いたいと思ってるけど、結婚という形態には拘ってないの。ずっと内縁関係でもいいんじゃない?」
「いい女だ。惚れ直したよ」
「男性にとって、都合のいい女だと思ってるんじゃない? それでも、いいわ。いまのところ、謙さんはベストなパートナーだと思ってるんで」
「いまのところか」
沙也加が乾いた口調で言った。

「そう。十年、二十年先のことまではわからないでしょう? どっちも、もっと相性のいい相手に夢中になってしまうかもしれないしね」
「正直だな、きみは。しかし、その通りだと思うよ。何十年も先のことまでは予測できないし、約束もできない」
「そうよね。それはともかく、謙さんの帰宅が遅くなっても、預かってるスペアキーで部屋に入らせてもらうわ。かまわないでしょ?」
「もちろん! なるべく早く帰るよ」
野上は通話を切り上げた。

ほとんど同時に、大学時代の後輩からスマートフォンに電話がかかってきた。二つ下の岩佐智史は東京地検特捜部の検察事務官で、ボクシング部で一緒だった。なぜだか気が合う。
岩佐は弁護士志望で、大学を卒業してから二年ほどロースクールに通った。司法試験に三度チャレンジしたのだが、結局、通らなかった。それで、検察事務官になったわけだ。
野上は、岩佐にも支援捜査に協力してもらっている。後輩はきわめて正義感が強く、俠気もあった。裏捜査のことを口外される心配はなかった。
「先輩、今夜あたり一杯どうです? 大物政治家の収賄事件の有罪判決が下ったんで、

祝杯をあげたいんですよ。神楽坂に気の利いた小料理屋を見つけたんです。つき合ってくれませんか」

「あいにく署長の密命で今朝から動きはじめたんだ」

「そうなんですか。いま渋谷署に置かれた捜査本部は、一月十四日に発生した美人社長殺しの事件を調べてるんでしたよね？」

「当たりだ。そんなことで、今夜は無理だな」

「わかりました。先輩、自分に手伝えることがあったら、いつでも遠慮なく申しつけてください」

「また岩佐(ス)に助けてもらうことがあるかもしれないな。そのときは、ひとつ協力してくれないか」

「喜んで協力しますよ」

「それじゃ、またな」

野上はスマートフォンを上着のポケットに仕舞(しま)うと、プリウスを発進させた。

和久の自宅マンションはJR代々木駅の近くにある。二十分そこそこで、『代々木アーバンレジデンス』に着いた。

六階建てで、老朽化が目立つ。野上は和久の自宅マンションの少し先の路肩(ろかた)に専用覆面

パトカーを寄せ、懐からスマートフォンを取り出した。
　やくざ者を正攻法で揺さぶっても、ほとんど効き目はない。野上は反則技を使う気になったのだ。少し後ろめたいが、やむを得ないだろう。
　野上は捜査資料でナンバーを確認してから、和久滋のスマートフォンを鳴らした。スリーコールで、電話は繫がった。
「和久だ。誰だい？」
「貫目を上げたいとは思いませんか」
「いきなり何を言いだすんでえ」
「事情があって名前は明かせませんが、おたくに大きく儲けさせてやろうと考えてるんですよ」
「名前は言わなくてもいいから、何者か言えや。おれが『渋谷天龍会』の人間だって知ってるのか？」
「もちろんです。こっちも堅気じゃありません。横浜の『港友会』に足つけてます。ですが、間もなく足を洗うつもりなんですよ。ちょっとした事業を興す予定なんですが、資金が足りません」
「話が回りくでえな。用件を早く言えや」

「いいでしょう。実は、手許に純度九十九パーセントの極上の覚醒剤を三キロ持ってます。掛け値なしの極上物ですよ」

「フカシこくんじゃねえ。そんな極上物を本当に持ってるんだったら、てめえが売り捌けばいいじゃねえか。安く買い叩かれたとしても、二億五千万、いや、三億数千万円にははなる代物だろうがよ」

「その通りですね。ですが、こっちはまだ『港友会』を脱けてません。個人的に手に入れた極上物ですが、自分で売したら、必ず組織の者に知られてしまうでしょう」

「ま、そうだろうな」

「実は、持ち歩いてる純度の高い覚醒剤は厚生労働省麻薬取締部が押収したものなんですよ」

「本当か!?」

和久は驚きを隠さなかった。

「ええ。ある麻薬取締官が麻薬中毒の女性たちを無罪にしてやると騙して、さんざん体を弄んでたんです」

「悪い野郎だな」

「そうですね。こっちは、そいつの悪行の証拠を押さえたんです。それで、その男に押

収品保管庫から極上物の覚醒剤を持ち出させたんですよ。『渋谷天龍会』は昔から麻薬ビジネスで大きな利益を得てますよね」

「うん、まあ」

「年平均七、八億円は儲けてるんでしょ？」

「そんなに荒稼ぎしてねえよ。薬物の密売で三十億円前後の粗利は出てるがな」

「もっと多いでしょ？」

「いや、そんなもんだよ。『渋谷天龍会』は昭和二十四年に結成されたんだが、構成員は千五百人弱だからな。でっかい組織みてえに末端の密売人がたくさんいるわけじゃねえし、半グレや不良外国人グループも使ってない。捌ける量が限られてるんだ」

「それなら、首都圏の友好組織にマブネタを少しずつ卸せばいい。卸す量は多くなくても極上物ですんで、どの組も欲しがるでしょう」

「だろうな」

「いま、和久さんは準幹部ですよね」

「組織のために、おれはかなり働いてきたと思うが⋯⋯」

「三キロのマブネタを一億三千万円で『渋谷天龍会』に譲りますよ。それで数十倍、いや、百倍は儲けられるでしょう。和久さんは大手柄を立てたってことで、一気に貫目は上がる

でしょう。すぐ若頭(カシラ)まてスピード出世するのは難しいでしょうが、うまくしたら、若頭補佐にはなれると思います」
「そんなに甘くねえさ。けど、幹部にはなれるかもしれねえな」
「ええ、それは間違いないですよ。会長か若頭に橋渡ししてもらえませんかね」
「悪くねえ話だが、おれがしゃしゃり出たら、大幹部の何人かは不快に思うだろう」
「そういう兄貴分たちに遠慮してたら、いつまでものし上がれませんよ」
「そうなんだけどな」
「こっちも筋者(すじもの)の端(はし)くれだから、序列の厳しさはよくわかってます。大幹部にならなけりゃ、いい女は抱けないし、ロールスロイスやベントレーにも乗れません」

野上は、和久をけしかけた。

「そうだよな。おたくが持ち歩いてるという覚醒剤がマブネタかどうかチェックさせてくれねえか」

「いいですよ。試薬液も持ってますんで、和久さん自身の目で確かめてください。白い粉を試薬に浸けたら、数秒で青色に変わるでしょう」

「どっかで落ち合おうや」

和久が提案した。

「実は、『代々木アーバンレジデンス』の近くから電話してるんですよ」

「おれの家をなぜ知ってるんだ。どうやって調べた？ ま、いいや。マンションの玄関はオートロック・システムになってねえから、勝手にロビーに入ってくれ。それで、エレベーターで五階に上がってくれや」

「部屋は五〇一号室でしたね？」

「そこまで調べ上げてやがったのか」

「和久さんを窓口にして三キロのマブネタを『渋谷天龍会』に買ってほしいと思ったんで、取引先のことをよく調べさせてもらったんですよ」

「取引先か。面白いことを言うじゃねえか」

「和久さん、自宅には誰もいませんよね。弟分が何人かいて、大事な極上の覚醒剤を奪われたんじゃ、泣くに泣けませんので」

「おれひとりだよ。早く来いや」

「すぐにお邪魔します」

野上は通話を切り上げ、ほくそ笑んだ。こんなにもたやすく罠に嵌まってくれるとは思わなかった。和久の弱みは押さえたから、心理的に追い込むことはできるだろう。

野上はにんまりして、プリウスを降りた。

3

部屋を間違えたのか。

応対に現われたのは、派手な顔立ちの女性だった。二十六、七歳と思われる。化粧が濃い。ベージュのガウン姿だ。

野上は部屋番号を目で確かめた。間違いなく和久の部屋だった。和久は自宅には誰もいないと言っていたのだが、どういうことなのか。なぜ嘘をつかれたのか。罠なのかもしれない。

「あなたは、和久さんの奥さんなのかな」

「彼女ってとこね。春菜です」

「和久さんは?」

「トイレに入ってるの。急にお腹が痛くなったらしいんですよ。上がって待っててほしい」とのことだったわ。どうぞお入りになって」

春菜と名乗った女が言って、スリッパラックに手を伸ばした。

野上はアンクルブーツを脱いで、ボアの茶色いスリッパを履いた。春菜に導かれて、居間に入る。間取りは1LDKだった。リビングの右手に寝室があった。リビングの左手はダイニングキッチンになっている。

「あなた、三キロのマブネタを持ってるんですって?」

「和久さん、お喋りだな」

野上は苦笑した。

「あなた、命知らずね。まだ堅気になったわけじゃないのに、個人的なシノギのことがバレたら」

「消されるかもしれないな。リスキーだが、どうしても事業資金が欲しいんだ」

「それにしても、大胆だわ。ところで、売り値を一億円にしてもらえない? 三キロのマブネタを安く手に入れたら、和久さんはきっと大幹部になれるでしょう」

「値は下げられないな」

「そう言わずに、もっと負けてちょうだいよ。値引きしてもらう分、ベッドでたっぷりサービスするわ」

春菜が艶然とほほえみ、手早くガウンのベルトをほどいた。一糸もまとっていない。春菜がガウンを肩から滑らせた。

白い裸身が目を射る。乳房は砲弾のような形状だった。和毛は小さく刈り揃えられている。むっちりとした腿が悩ましい。
「寝室に行きましょう。和久さんに頼まれたのよ、あなたを娯しませてくれってね」
「ナイスバディだが、三千万円の価値はないんじゃないのかな」
「試してみてよ。早くベッドに……」
「せっかくだが、遠慮しておこう」
　野上は首を振った。春菜が抱きついてくる動きを見せた。とっさに野上は数歩退がった。そのとき、背後に誰かが忍び寄ってきた。振り向く前に、野上はひんやりする物を首筋に押し当てられた。
　感触で、短刀の刀身だとわかった。春菜が薄ら笑いを浮かべて、足許のガウンを拾い上げる。やはり罠だったが、怯えることはなかった。
「おまえは寝室に入ってろ」
　後ろで、和久が春菜に命じた。春菜がガウンを羽織り、ベッドルームに消えた。ドアはすぐに閉ざされた。
「汚いことをやるな」
「頸動脈を搔っ切られたくなかったら、三キロのマブネタを寄越すんだな。個人的なシ

ノギをやろうとしてたことは『港友会』には黙っててやらあ」
「本当は品物は持ち歩いてないんだよ」
野上は、せせら笑った。
「なんだと!? 三キロの極上物はどこにあるんでえ?」
「それを教えるほどとろくないよ」
「くそっ! 首から血をしぶかせてやる!」
「こっちを殺ったら、マブネタはそっちの手には渡らないぞ。殺し損になるぜ」
「くそっ、おれの負けだ。三キロの覚醒剤は『渋谷天龍会』が一億三千万円で買うよ」
若頭を説得して金は必ず用意する。それで、文句ねえだろうが」
野上が刃物を首から少し離した。反撃のチャンスだ。
野上は右の踵で和久の右脚の向こう臑を打ち、前に大きく跳んだ。体の向きを変え、
和久の顔面に右のフックを浴びせる。
相手の肉と骨が鈍く鳴った。湿った毛布を棒で叩いたような音だった。
和久は突風を喰らったように体を泳がせ、フロアに横倒しに転がった。短刀を握ったままだった。
野上は踏み込んで、和久の喉仏のあたりを蹴りつけた。

刃物が手から零れる。和久が体を縮め、体を左右に振った。唸り声は長く尾を曳いた。
野上は手早く短刀を摑み上げ、和久の半身を引き起こした。刃先を和久の喉元に密着させたとき、寝室のドアが開いた。
「和久さん、大丈夫？ いま、『渋谷天龍会』に電話して誰かを呼ぶわ」
「余計なことをするな、和久を殺っちまうぞ」
野上は春菜を睨みつけた。春菜が竦み上がり、目を逸らす。
「どこにも電話するな。いいなっ」
「わ、わかったわ」
「寝室にCDプレイヤーはあるか？」
「ええ、あるわ」
「だったら、ヘッドフォンをつけて何か好きな音楽でも聴いててくれ」
「和久さんをどうする気なの？」
「場合によっては少し痛めつけることになるが、殺しはしないよ」
「お願いだから、殺さないで。和久さんはいろんな人に恐れられてるけど、わたしにはすごく優しくしてくれてるの」
「いいから、言われた通りにするんだっ」

野上は声を張った。春菜が黙ってうなずき、寝室のドアを閉ざした。
「本当にマブネタは『渋谷天龍会(シブヤテンリュウカイ)』で引き取るから、勘弁してくれねえか」
「極上の覚醒剤(シャブ)を持ってるという話は嘘だよ」
「えっ!? なんだってそんな作り話なんかしたんでぇ。わけわからねえな」
和久が小首を傾げた。
「そっちと差しで話がしたかったんだよ。おれはヤー公じゃない。強請屋(ゆすりや)さ。そっちの弱みを知ってるんで、口止め料をせしめる魂胆(こんたん)なんだよ」
「おれの弱みだって?」
「そう。そっちは村瀬茜が実弟に『女子高生お散歩クラブ』という高級少女売春クラブを管理させてることを知って、村瀬姉弟に月々十万円のみかじめ料を払えとしつこく迫ってた。だが、どちらも要求に応じなかった。そうだな?」
「『渋谷天龍会(シマウチ)』の縄張り内で売春(マメウリ)をしてやがったんだから、挨拶(ロオズ)つけるのが仁義じゃねえか。相手が素人だって、それは当たり前のことだぜ。けど、あの姉弟は無視(シカト)しつづけた。やくざが堅気になめられたら、示しがつかねえからな」
「だから、村瀬姉弟を脅迫するようになったのか」
「そうだよ。それでも、あいつらは頑(がん)としてみかじめ料を払わなかった。やくざも、なめ

「そっちは頭にきて、村瀬茜を亡き者にする気になったんじゃないのか?」
「おい、待てや。みかじめ料の件で警察もおれを疑ったようだが、事件当夜、こっちは東京にいなかった。会長と兄弟盃を交わしてる叔父貴が急死したんで、広島で営まれた通夜に参列してたんだよ」
「そのことはわかってる。それで、警察はそっちをシロと断定したんだろう?」
「ああ、そうだよ。生意気な女社長を犯して、八つ裂きにしてやりたいと思ってた。けど、殺人は割に合わねえ。だから、おれは一月十四日の事件には絡んでねえって」
「そっちには完璧なアリバイがあるんだから、実行犯じゃないことはわかる。しかし、男稼業を張ってる人間が堅気の姉弟に虚仮にされたんだ」
「何が言いたいんでえ?」
「自分の手は汚さなくても、誰かに村瀬茜を片づけさせたとも考えられるな。おれは、そっちがある奴に美人社長殺しを依頼したときの録音音声を手に入れたんだ。その音声メモリーを五百万で売ってやってもいい」
野上は、きわどい賭けに出た。
「はったり掛けやがって。おれは誰にも美人社長を始末してくれなんて頼んじゃいねえ

ぞ」
　空とぼける気なら、そっちとの録音音声データを警察に提供することになるな。そっちはマブネタの話に引っかかって、取引する気になった。録音音声を聴いて、渋谷署の生安課は『渋谷天龍会』を手入れする気になるだろう」
「てめえ、通話をそっくり録音してやがったのかっ」
「そうだ。生安課の手入れを喰らったら、そっちは何らかの責任を取らされるだろう。下手したら、死人にされるかもしれない小指を飛ばすだけでは済まないんじゃないか。下手したら、死人にされるかもしれないな」
「電話の録音音声データを買い取ってもいいよ。けど、おれは誰にも村瀬茜は殺らせちゃいねえって」
　和久が叫ぶように訴えた。演技をしている様子ではない。捜査本部事件では、和久はシロだという心証を得られた。
「おれは、ヤー公の言葉は信じないことにしてるんだ」
「嘘じゃねえって。通話内容を録音した音声データを百万で売ってくれねえか」
「そんな安い値じゃ譲れないな。二、三日経ったら、また電話する。三百万円以下じゃ、録音音声のUSBメモリーは渡せない。とにかく、商談は後日にしよう」

野上は短刀を遠くに投げ放ち、和久を突き倒した。和久が前のめりに倒れ、短い呻き声を洩らす。

野上は和久の部屋を出て、エレベーターホールに向かった。『代々木アーバンレジデンス』を後にして、ビデオカメラマンの木滑春馬の自宅アパートに急ぐ。

被害者のベッドパートナーだった木滑は『フォーエバー』がなくなってから、職探しに励んでいるようだ。自宅アパートは東急東横線の武蔵小杉駅の近くにある。

木滑の自宅を探し当てたのは正午過ぎだった。昼食時だ。訪問するのはためらわれた。野上は車を数百メートル走らせ、ファミリーレストランで昼食を摂った。和風ハンバーグを平らげ、コーヒーを追加注文する。

野上は午後一時過ぎに店を出た。プリウスに乗り込み、木滑の住むアパートに引き返す。軽量鉄骨造りのアパートの外壁は、ペパーミントグリーンとオフホワイトに塗り分けられていた。入居者は若い世代が多いのではないか。

野上はアパートの前にプリウスを停めた。捜査資料のファイルを開いて、事件調書を読み返す。

端整な面立ちの木滑は被害者に気に入られて、一年数カ月前に〝若いツバメ〟になった。月に三、四度、茜の自宅マンションに通って、ベッドパートナーを務めていた。

木滑の供述によれば、女性社長はオーソドックスな口唇愛撫だけではなく、必ず足の指を一本ずつしゃぶることを強いたらしい。三度も求められて、応えられなかったときは顔面を乱暴に踏みつけられたという。殺害された茜はサディストだったのか。

木滑は茜を抱くたびに、数十万円の小遣いを渡されていた。ブランド物の服や腕時計もプレゼントされた。

だが、美人社長は木滑に若い交際相手がいるとわかったとたん、態度を一変させた。職場で木滑を罵り、買い与えた物を返却しろと喚いたようだ。その上、土下座して詫びなければ、即刻、解雇するとも言い放ったらしい。

木滑は下唇を嚙み締めながらも、被害者の機嫌を取り結んだ。男が同僚たちの目の前で土下座させられたのは、さぞ屈辱的だっただろう。茜に殺意を懐いても不思議ではないのではないか。

だが、木滑自身が茜を殺害していないことは裏付けられている。事件当日、木滑は交際中の根岸未来、二十三歳と金沢に出かけて有名ホテルに泊まっていた。

しかし、第三者に村瀬茜を絞殺させた疑念は払拭できない。惨めな思いをさせられたわけだから、相手に対する憎しみや恨みは募る一方だっただろう。そう考えると、木滑が代理殺人を企んだ疑いは消えなかった。

野上は覆面パトカーを降り、『武蔵小杉コーポラス』の敷地に入った。階段を駆け上がって、二〇二号室のインターフォンを鳴らす。

ややあって、男の気だるげな声がスピーカーから聞こえた。

「新聞の勧誘なら、お断りします。目下、失業中なんでね」

「フリージャーナリストの穂刈僚という者です」

野上は偽名を使った。必要に応じて、各種の偽名刺を用いていた。実在する団体を騙ったことはない。

たらめだった。

「ご用件は？」

「あなたが勤めていた『フォーエバー』の村瀬茜社長が先月十四日の晩、宮益坂のオフィスで殺されましたでしょ？」

「その件でしたら、何も話すことはありません。お引き取りください」

「警察は、まだ木滑さんのことを疑ってるようですよ」

「嘘でしょ!? ぼくは何回か事情聴取されたけど、事件当日は東京にいなかったんです。そのことが立証されたんで、捜査本部はぼくが犯人ではないと納得してくれたんですよ」

「れっきとしたアリバイがあるので、実行犯ではないと捜査当局は判断したんでしょうね。しかし、それで安心してはいけないな。代理殺人の疑いはゼロじゃないからね」

「冗談じゃない」

木滑が興奮気味に言って、ドアを押し開けた。目鼻立ちは整っていたが、無精髭で冴えない印象を与える。

「寒いから、ちょっとお邪魔させてもらうよ」

野上はくだけた口調で言って、抜け目なく三和土に身を滑り込ませた。木滑は迷惑顔だったが、何も言わなかった。

野上は偽名刺を部屋の主に手渡した。木滑は、ろくに名刺を見なかった。

「きみの知り合いに前科のある者がいるんじゃないのか？」

野上は水を向けた。

「幼馴染みに殺人未遂で捕まった男がいるけど……」

「それで、わかったよ。警察は、きみがその前科者に村瀬茜を片づけさせた可能性もあると考えはじめたんじゃないだろうか」

「子供のころはよく遊び回ってたけど、別々の高校に進んでからは疎遠になったんだよ。幼馴染みがパワハラで悩まされた末に、恨みのある上司の頭をスパナでぶっ叩いて逮捕されたことも、テレビのニュースで知りました。幼馴染みは本気で上司を撲殺する気はなかったんでしょう。本当に殺す気でいたんなら、大型スパナか金属バットを凶器にしたでし

「ようからね」
「その彼は、上司のパワハラで悩んでたのか。なら、きみに同情しそうだな。きみは女社長の若いツバメだったのに、スタイリストの根岸未来さんとこっそりつき合ってた」
「警察関係者でもないのに、そんなことまで知ってるんだ!?」
木滑が目を丸くした。
「ほかにも知ってるよ。きみは根岸さんと交際してることを美人社長に知られて、職場で土下座させられた」
「誰から聞いたんですか!?『フォーエバー』の元同僚の誰かが、あなたに教えたんだろうな。そうなんでしょ?」
「ニュースソースは明かせない。明かすのは、情報提供者に対する裏切り行為だからな」
「そうでしょうが……」
「土下座しなければ、解雇すると言われたらしいね。惨(みじ)めだったろうな。女社長にかわいがってもらってたとはいえ、辛(つら)かったと思うよ。きみは下唇をきつく嚙みながら、土下座をしたそうじゃないか」
「そうですけど、ぼくは犯歴のある幼友達に茜さんを殺してくれなんて頼んでませんよ。天地神明(てんちしんめい)に誓えます」

「きみの彼女は、美人社長との爛れた関係のことは知らなかったんだろうな。彼氏がベッドパートナーを務めるために神宮前の社長宅に月に三、四度通って、女性パトロンの足の指までしゃぶって奉仕してたことを知ったら、幻滅するだろうね。イケメンのきみでも、フラれちゃいそうだな」
「ぼ、ぼくを威してるんだな」
「ぼくは将来、彼女と結婚したいと思ってるんだ。未来にぼくの秘密を話したら、ただじゃおかないぞ。ぼくは」
「くどいようだが、もう一度訊く。きみは本当に被害者を誰にも殺らせてないんだな?」
「茜さん、いや、茜なんか殺す値打ちもありません。彼女は美人だったけど、欲が深いんです。会社が赤字つづきだったので、実弟に『女子高生お散歩クラブ』という高級少女売春クラブを管理させて、荒稼ぎしてたんですよ」
「そのことは知ってる」
「そうなんですか。それから村瀬茜はブラックジャーナリストの篠誠って奴と組んで、企業不正や役員たちの女性スキャンダルを恐喝材料にして多額の口止め料をせびってたんですよ。詳しいことはわかりませんけど、そのことは事実です。茜自身が直に話してくれましたんで。本業がずっと赤字でも、倒産するようなことはないと言い切ってましたよ。その気になれば、金を引っ張れる相手が何十人もいたんだろうな」

「篠誠も捜査当局にマークされてたことは知ってる。しかし、篠はシロと断定された。それで、企業恐喝の件も処分保留で釈放された。おそらく口止め料を要求された者たちが被害事実を認めなかったんで、起訴されなかったんだろう」
「そうなんでしょうね」
「村瀬茜と篠誠が分け前のことで揉めて、だいぶ前から仲違いしてるって情報が耳に入ってるんだが、そのあたりのことを知らないか？」

野上は問いかけた。

「そういえば、茜が言ってました。篠誠は茜に黙って、『女子高生(J)お散歩クラブ(K)』に登録してる少女たちを抱いた富裕層の男たちから個人的に口止め料を脅し取ってるんだとね。すごく怒ってて縁を切るつもりだとも言ってましたよ」

「そう」

「茜は少女売春クラブの客たちを強請ってるブラックジャーナリストのことを捜査機関にリークすると威しをかけたんじゃないのかな」

「きみの推測通りなら、篠誠が殺し屋(プロ)を雇って村瀬茜を片づけさせたのかもしれない。ブラックジャーナリストにもアリバイがあるんで、捜査対象者から外されたようなんだ」

「そうなんですか。ぼくはブラックジャーナリストが怪しいと思っています」

木滑が言った。
「被害者と弟の雅也の関係はどうだったのかな？」
「姉弟は仲がよかったですよ。デザイン会社をわずか数年で潰した弟はまったく商才がなかったみたいで、茜のアイディアに感心して素直に指示に従ってましたね」
「そうか。村瀬雅也は結婚してるはずなんだが、きみは妻の真理とは面識があるのかな？」
「いいえ、ありません」
「被害者が生前、義理の妹の悪口を言ったことは？」
「そういうことはありませんでした」
「そう。警察はきみのことをまだ疑ってるようだが、おれはシロだと確信を深めた。早く働き口が見つかるといいな。ありがとう！」
野上は謝意を表し、木滑の部屋を出た。

4

張り込んで間もなくだった。

ブラックジャーナリスト宅の玄関ドアが開けられた。姿を見せたのは、四十年配の女性だった。篠誠の妻だろう。

野上はプリウスの運転席から、港区白金台にある戸建て住宅に目を注いでいた。

閑静な住宅街にある戸建て住宅だった。敷地は七十坪前後だろうか。捜査資料で、夫婦に子供がいないことはわかっていた。どうやら篠は自宅にいるようだ。

黒いレクサスが駐められている。カーポートには、女性は着飾っていた。どこかに出かけるのではないか。玄関のドアは施錠しなかった。

篠の妻と思われる女性が遠のいた。

野上はサングラスをかけてから、専用覆面パトカーを降りた。篠宅の白い門扉を押し開け、ポーチに駆け上がる。

野上はドアのノブに手を掛けた。ロックはされていなかった。ドアを開けて、三和土に入った。野上は勝手に玄関のドアを開けて、三和土に入った。

すると、玄関ホールに面した居間から篠が飛び出してきた。

「何者なんだっ。無断で他人の家に入るな!」

「あんたと同じ恐喝屋だよ」

野上は言った。

「無礼なことを言うなっ。わたしは、れっきとしたジャーナリストだぞ」

「おれもフリーライターを装って、スキャンダルや犯罪を知られたくない個人や企業から口止め料をせしめてる。あんたと同業じゃないか」

「出て行け！　帰らないと、一一〇番するぞ」

「警察の奴らが来たら、そっちも困るだろうが。あんたは一月十四日に殺された村瀬茜とつるんで、企業恐喝を重ねてた。数カ月前から分け前のことで女社長といがみ合ってたこともわかってるんだ」

「『フォーエバー』の社長とは面識があったが、彼女と組んで疚しいことなんかした覚えはないっ」

篠が顔をしかめた。平静に喋ったつもりだろうが、狼狽の色は隠せなかった。目が落ち着かない。

「しらばっくれても意味ないぞ。こっちは、警察関係者から確かな情報を手に入れたんだ。渋谷署に設けられた捜査本部はあんたを怪しんだが、アリバイがあったのでシロと判断した。しかし、誰かにブライダルプランナーを片づけさせたとも疑えなくはない」

「言いがかりをつけるな。本当に一一〇番通報するぞ」

「別にかまわないよ。そっちは企業恐喝を重ねてただけじゃない。女社長が弟の雅也に管理させてた少女売春クラブの客たちも強請ってた」
「少女売春クラブだって?」
「ああ、『女子高生お散歩クラブ』のことだ。その売春クラブには現役の女子高生たち百数十人が登録して、富裕層のおっさんたちに体を売ってた」
「村瀬茜は、そんな裏ビジネスをやってたのか!? そのことは、まったく知らなかったよ。そう言われれば、『フォーエバー』の年商はたいしたことなかったようだな。赤字分をなんとかしなければいけないんで、少女売春で稼ぐ気になったのか」
「女子高生を抱いた中高年の男たちから、たっぷり口止め料をいただいたんだろう。トータルで、二億か三億円は毟ったんじゃないのか、え? そうした悪事を働いてきたんで、邸宅に住めるんだろうな。まともなジャーナリストは、レクサスなんか買えないと思うぜ」
「まだ、そんなことを言ってるのかっ」
「危いことをしてないんだったら、早く一一〇番しろよ」
野上は肚を括った。
篠が悪態をつき、居間に駆け込んだ。警察に通報できるわけはない。篠は企業恐喝の件

ブラックジャーナリストが玄関ホールに戻ってきた。ゴルフクラブを握っている。アイアンだった。篠は殺気を漲らせていた。

「おとなしく引き揚げないと、その筋の人間を呼ぶことになるぞ」

「ヤー公を怕がってたら、恐喝で飯は喰えない。武闘派やくざが十人来たとしても、おれは尻尾なんか巻かないぞ」

野上は挑発した。篠がアイアンクラブを斜め上段に構えた。

「おれの頭を潰す気になったか」

「帰らないと、きさまは大怪我することになるだろう。それでも、いいのかっ」

「クラブを振り回したけりゃ、好きにしろ」

「なめやがって」

「おれをボールに見立てて、早くスイングしろよ」

野上は意図的に篠の神経を逆撫でした。

篠が険しい表情になり、ゴルフクラブを振り下ろした。空気が縺れた。ヘッドが玄関マットを叩く。シャフトは少し折れ曲がっている。

「傷害で捕まったら、恐喝のことも改めて調べられるかもしれない。それで、おれをぶっ叩けないわけか」
「本当に頭や面を血塗れにするぞ」
「それだけの度胸はないだろ、そっちにはな」
「くそったれ！」
「吼えてばかりいないで、早くクラブを思いっ切り振り下ろせよ」
野上は口の端を歪めた。
篠がいきり立ち、アイアンクラブを大上段に振り被った。そのまま前に踏み出し、クラブのヘッドが玄関タイルをクブを垂直に振り下ろす。野上はバックステップを踏んだ。クラブのヘッドが玄関タイルを砕く。
篠が口の中で呻いた。腕に痺れが走ったのだろう。
「残念だったな」
野上は冷笑した。
篠がアイアンクラブを振り回しはじめた。壁面に掛けられたリトグラフが落ち、シューズボックスの上の花瓶が砕け散った。
「遊びは終わりだ」

野上はベルトの下に挟んだシグP230Jを引き抜き、手早く安全装置を外した。

「そ、それは!?」

篠がゴルフクラブを足許に捨て、後ずさった。頬が引き攣っている。

「真正銃だよ」

「撃つな！　引き金を絞らないでくれーっ」

「両手を高く掲げるんだ。逃げようとしたら、そっちをシュートする」

野上は手早くスライドを滑らせた。初弾が薬室(チャンバー)に送り込まれたはずだ。蒼ざめ、恐怖に戦いている。

篠が言われた通りにした。

「『女子高生お散歩クラブ』の客から、口止め料をせしめたことは認めるな?」

「それは……」

「ちゃんと答えろ！」

「七人、いや、八人から二千万円ずつ貰ったよ。社会的に成功した奴らが十代の女の子の体を弄んだことが赦(ゆる)せなかったんだ」

「綺麗事を言うんじゃないよ。そっちは企業恐喝の分け前のことで、村瀬茜と仲違いして た。その腹いせに、『女子高生お散歩クラブ』の客たちを強請る気になっただけだろう が！　違うか?」

「そ、そうだよ」

「女社長はそのことで、そっちを詰ったにちがいない。だから、そっちは自分のアリバイを用意しておいて、金で雇った奴に村瀬茜を絞殺させたんじゃないのかっ」

「わたしは、そんなことさせてない。嘘じゃないって。信じてくれ！」

「その言葉を鵜呑みにはできないな」

野上は玄関マットを掴み上げ、二つに折り畳んだ。それで、銃身をすっぽりと覆う。

「玄関マットで銃声を殺す気なのか!?」

「そうだ。急所を外して、一発撃つ。そうすれば、そっちも正直になるだろうからな」

「本当に誰にも女社長を殺らせてなんかいないよ。頼むから、撃たないでくれ」

篠が玄関ホールに正座し、額をフロアすれすれまで下げた。全身を震わせている。

「捜査本部事件には関わってないようだな」

「企業恐喝の件と女子高生を抱いた男たちを強請ったことは認めるよ。おたくに一億円やるから、何も知らなかったことにしてもらえないか」

「そっちを丸裸にしてやるつもりだったが、気が変わった」

野上は玄関マットを上がり框に落とし、拳銃のセーフティーロックを掛けた。

「気が変わったって？」

「ああ。薄汚い悪党から銭を横奪りしたら、男が廃るからな。そっちが強請った個人や企業にそっくり口止め料を返してやれ！」

「正気なのか!?」

篠が顔を上げた。

「銭は大好きだが、人生はそれだけじゃない。一カ月以内におれの指示に従わなかったら、恐喝の件を警察関係者に教えるぞ。そうなったら、そっちは間違いなく服役することになるだろう」

「おたくの指示に従うから、警察に密告しないでほしいな」

「約束を破ったら、刑務所行きだぞ」

野上はシグP230Jをショルダーホルスターに戻し、ポーチに出た。篠宅を後にして、プリウスに乗り込む。

被害者の実弟は、近くの渋谷区恵比寿三丁目の賃貸マンションに住んでいる。野上は車を恵比寿に向けた。

目的のマンションは、恵比寿ガーデンプレイスの近くにあった。『恵比寿スカイマンション』は八階建てで、南欧風の造りだった。

野上は、村瀬雅也の自宅マンションから少し離れた路上にプリウスを停めた。エンジン

を切ったとき、刑事用携帯電話に着信があった。発信者は神谷署長だった。
「早速、支援捜査に取りかかってくれてるかな」
「ええ、動きはじめました」
「そう。捜査本部が事情聴取した木滑春馬と篠誠は本当にシロだったんだろうか」
「その二人に鎌をかけてみたのですが、どちらもシロだという心証を得ました」
「そうか。被害者はビデオカメラマンの木滑を若いツバメにしてたんだが、なかなかの美人だった。木滑をベッドパートナーにする前に、特定の彼氏がいたんじゃないだろうか。これまでの捜査では、そういった人物はいなかったという報告を受けてるが……」
「署長が推測した通りなら、相手の男は妻子持ちだと考えられますね。つまり、不倫関係にあったから、つき合ってることをあまり他人には知られたくなかったのかもしれません」
「野上君、そうだったんじゃないのか。村瀬茜が経営してた『フォーエバー』は設立してから、おおむね赤字だったんだろう。美人社長は、不倫相手に運転資金をちょくちょく回してもらってたとは考えられないか？」
「それは考えられますね」
「不倫相手は何度も金を融通できなかった。それで、被害者は開き直って違法ビジネスで

稼ぐ気になったのかもしれないぞ。そのことが原因で、不倫カップルは別れることになったのではないだろうか。不倫相手は茜が悪事に手を染めたことを咎めたんではないかね。

野上君、どう思う？」

「ええ、そうだったのかもしれません」

「二人の仲がこじれたとき、相手の男はそれまでに茜に都合してくれと言ったんではないかな。金を返す気がないんだったら、少女売春ビジネスで荒稼ぎしてることをバラすぞと脅迫したとも考えられるね」

「そうなんでしょうか」

野上は曖昧な返事しかできなかった。署長が口にしたことは、推測の域を出ていない。根拠のない話では判断のしようがなかった。

「村瀬茜は相手の要求に腹を立て、逆に不倫していた事実を暴くとでも捨て台詞を吐いたんじゃないのかな」

「妻と離婚してまで不倫してる女性と一緒になるケースは割に少ないようですね。村瀬茜と親密な関係にあった男は家庭を壊されるかもしれないという強迫観念に取り憑かれて

……」

「自分の手で、茜を葬ったのかもしれないね。あるいは、犯罪のプロに始末させたんだろ

「うか」
「これから、被害者の弟宅に行こうと思ってたんですよ」
「それなら、村瀬雅也に探りを入れてみてくれないか。ブライダルプランナーは不倫相手がいたとしても、実弟にも秘密にしてたのかもしれないがね」
「それとなく探りを入れてみますよ」
「念のため、そうしてくれないか」
署長が先に電話を切った。
野上はポリスモードを懐に仕舞い、車から出た。
村瀬宅は七〇三号室だった。少し待つと、スピーカーから女性の声が響いてきた。
「どちらさまでしょう?」
「警察の者です。捜査本部の支援捜査をしている野上といいます。失礼ですが、村瀬雅也さんの奥さまでしょうか?」
「はい、真理です」
「ご主人は、ご在宅ですか?」
「昼過ぎに小田原の実家に向かって、今夜は向こうに泊まることになってるんですよ」

「そうなんですか」
「義姉の事件の再聞き込みでしょうか? それでしたら、わたし、捜査に協力いたします。夫の姉には何かと世話になりましたので、一日も早く事件が解決することを願っているんです」
「いま、七階に上がります。オートロックを解除してもらえますか」
野上は言った。
「すみませんけど、エントランスロビーでお待ちいただけないでしょうか。ちょうど駅前のスーパーに買物に出かけるところだったんですよ」
「そうでしたか。そういうことなら、集合インターフォンの前で待っています」
「外は寒いので、エントランスロビーでお待ちください。ロックは解除しました」
村瀬真理の声が熄んだ。
野上はエントランスロビーに入った。暖かかった。入居者の姿はない。野上はエレベーターホールの近くにたたずんだ。
二分ほど待つと、函(ケージ)の扉が左右に割れた。降りてきたのは被害者の弟の妻だった。
真理は白人とのハーフのような顔立ちで、プロポーションも申し分なかった。三十二歳だが、まだ若々しい。

野上は警察手帳を短く呈示した。だが、所属課名は指で巧みに隠して見せなかった。裏捜査の聞き込みの際は、いつもそうしていた。

「ご苦労さまです。義姉を殺害した容疑者が特定できてないので、支援に駆り出されたんですね？」

「ええ、そうなんですよ。疑わしい人間が何人か捜査線上に浮かんだのですが、いずれも事件には絡んでいないということは先日、夫から聞きました。夫がデザイン会社を倒産させたとき、義姉はわたしたち夫婦を励ましてくれたんですよ。金銭的な援助もしてくれました。ですので、故人には恩義を感じてたんです」

「捜査があまり進んでいないということでしたか」

「そうなんですか」

「二人きりの姉弟でしたので、茜さん、いいえ、義姉はわたしの夫のことをいろいろ気にかけてくれていました。夫も、義姉には感謝してました」

「そうですか。意地の悪い言い方になりますが、被害者は実弟の雅也さんを利用した側面もありますよね」

「どういうことなのでしょう？」

真理が表情を強張らせた。

「故人は本業で赤字を出しつづけてたので、『女子高生お散歩クラブ』の運営を弟の雅也さんに任せてましたでしょ?」
「は、はい」
「そのクラブの実態が売春組織だったことは、ご存じですよね。ご主人は売春防止法に引っかかって、書類送検されましたので……」
「夫は、法には触れないJKビジネスをしてるだけだとわたしに言ってました。ですので、そのことを知ったときは驚きました。でも、夫のデザイン会社が立ち行かなくなったとき、義姉にいろんな面で助けてもらったんです。ですから、わたしたち夫婦は義姉には上手に利用されたと感じてはいましたけど、特に恨んでいませんでした。それほど義姉には、さんざん迷惑をかけてしまったんです」
「あなた方ご夫婦は心が広いんだな」
「わたしたちにとって、義姉は大恩人でしたので。もともと姉弟の仲はよかったんです。困ったときは互いに支え合ってきたようです」
「そうですか。話は変わりますが、被害者は過去に既婚男性と不倫してたんではありませんか?」
「えっ、そうなんですか!? わたしは義姉の男性関係のことまでは知らないんですよ。夫

から義姉が会社のイケメン社員を自宅マンションに泊まらせてるという話は聞いてましたけどね」
「そうですか。ご主人なら、お姉さんの私生活をよく知ってるかもしれないな」
「ええ、もしかしたらね」
「小田原に行って、そのあたりのことをご主人に訊いてみましょう。出がけに引き留めてしまって、申し訳ない。ご協力に感謝します」
野上は頭を下げ、出入口に足を向けた。

第二章　少女売春クラブ

1

線香を香炉に立てる。

野上は遺影を見つめてから、目をつぶって合掌した。

村瀬茜の実家の仏間だ。十畳間だった。被害者が生まれ育った家は、小田原市東町の外れにあった。敷地が広く、庭木が多い。

時刻は午後四時半過ぎだった。夕闇が濃かった。

野上の斜め後ろには、故人の実弟が正坐している。姉弟の両親は近くの寺に出かけていて留守だった。

野上は合掌を解き、体の向きを変えた。

「供物(くもつ)を用意すべきでした。無作法で申し訳ない」
「いいえ、お気遣いなく」
 村瀬雅也が緑茶を手早く淹(い)れた。
「ご両親は、故人の納骨の件でお寺に行かれたのかな」
「ええ、そうです。母は一年ぐらい姉の遺骨をここに置いておきたいと言ったんですが、それでは辛すぎるからと説得して、四十九日に納骨することにしたんですよ」
「そう」
「姉が亡くなったなんて、いまも信じられません。エネルギッシュに生きていましたので」
「残念だったでしょう、故人はまだ三十六だったんだから」
「ええ。まさか親より早く姉が実家の墓に入ることになるとは思ってもいませんでした。そのうち結婚するだろうと……」
「そうでしょうね。お姉さんは美人で、聡明(そうめい)だったようですからね」
「自慢の姉でした。ぼくと違って、出来がよかったんですよ。ただ、勝気で男性に負けたくないという気持ちが強かったんです。割にモテたんですが、専業主婦になるタイプではありませんでした」
「いただきます」

野上は茶を啜った。
「姉には迷惑かけ通しで、結局、何も恩返しできませんでした。ぼくがデザイン会社の経営にしくじってなければ、姉に苦労させずに済んだんでしょう」
「お姉さんの会社も赤字つづきだったとは知らなかったのでしょうか?」
「ええ、そうなんですよ。姉は『フォーエバー』は安泰だと何度も言ってたので、ぼくは金を借りたんです。結果的には、こちらのカネ不足でデザイン会社を倒産させてしまいました」
「借りてた金はどうなったのですか?」
「五十万円ほど返しましたが、千八百万円近く踏み倒すことになってしまいました。姉の会社も赤字つづきだったということは、デザイン会社が立ち行かなくなってから知りました」
「故人は『フォーエバー』を潰したくない一心で、ブラックジャーナリストの篠誠とつるんで企業恐喝をしてた疑いがあるんです。その件では起訴されなかったが……」
「そのことは、事情聴取されたときに警察の方に教えられました。それまでは、まったく知りませんでした。『フォーエバー』の赤字分を埋めるためにJKビジネスを副業にしたと思っていましたので」

「篠と組んで企業恐喝を重ねつづけてると、いつか仲間割れをすることになるかもしれない。故人はそう考えて、『女子高生お散歩クラブ』を弟のきみに任せることにしたんでしょうね。血縁者と違法ビジネスをやれば、悪事は発覚しにくいですからね」

「姉は最初、合法的なJKリフレで副収入を得ようとしたんですよ。女子高生たちには客とお喋りさせたり、コスプレをさせてたんです。それだけでは満足できない客が多かったし、あまり儲からなかったんです」

「そうでしょうね」

「だから、ぼくがいっそ高級少女売春クラブにしてしまおうと姉に提案したんです。姉はだいぶ難色を示しましたが、最後は折れてくれました。悪いのは、このぼくです。姉はぼくに引きずられただけなんですよ」

麗しい姉弟愛と言いたいところだが、売春の斡旋は犯罪だ。それに労働基準法違反だった」

「ええ、そうですね。登録してる娘たちに体を売れと強要したことは一度もありませんしたが、非合法なビジネスをしたことは反省しています。書類送検で済んだことはラッキーだったと思って、やり直すつもりです」

「次の仕事は、もう決まったの?」

「いえ、まだです。ハローワークに通って求人誌にも目を通してるんですが、採用してくれる会社はありませんでした。ですので、小さなカフェでも開こうと考えてるんです。でも、姉を殺した犯人が捕まるまでは動きだす気になれません」
「そうでしょうね」
「捜査本部は何人か疑わしい者を調べ上げたそうですが、まだ重要参考人はいないんでしょ?」
「そうなんです。そんなことで、こっちが非公式に支援捜査に駆り出されたんですよ。初動と第一期捜査の事件調書はじっくり読み込んだんですが、まだ犯人の見当がつかない。そんなことで、こちらにうかがいました」
「そうですか」
 村瀬の顔に失望の色が宿った。
「遺族の方はもどかしい気持ちでしょうが、もう少し時間を与えてほしい。奥さんは故人の過去の男性については知らないと言ってましたが、きみは実の弟だったわけで……」
「姉はいろんな男性とつき合っていましたが、たいてい半年ぐらいで別れてました。姉は相手に尊敬できる部分がないと、どんなにマスクがよかったり、金を持っても興味を失っちゃうんですよ」

「理想が高かったようですね」

「そうだったんでしょうか。姉がぞっこんだった男性がいたのですが、独身じゃなかったんですよ」

「それだから、片想いで終わったのかな?」

「いいえ、相手とは四年半ぐらい交際していました。いわゆる不倫の関係をつづけていたのですが、一年数カ月前に別れたんです」

「不倫のことが相手の奥さんにバレちゃった?」

「ちがいます。相手の奥さんが交通事故で脊髄を損傷して寝たきりになってしまったんですよ。不倫相手はそれをきっかけに一方的に姉に別れを告げたんだそうです」

「お姉さんは未練を断ち切れたんでしょうか」

「姉は、結婚を望んでたわけじゃないんですよ。ですが、多々良さんとは別れたくなかったんでしょう。彼につきまとうようになりました」

「多々良という不倫相手のことを詳しく教えてもらえますか」

「わかりました。多々良圭という名で、いま四十二歳だったと思います。経営コンサルタントで、オフィスは南青山四丁目の桑原ビルの三階にあります。自宅は世田谷区の代沢

にあると思います」
「故人は毎日のようにストーカー行為を繰り返してた?」
「毎日ではなかったでしょうが、週に三、四回は多々良さんの事務所の周りをうろついてたみたいですね。それで、姉はたまにでいいから自分と過ごす時間を作ってと多々良さんに哀願したようなんです」
「本気で惚れてたんでしょうね」
「そうだったんだと思います。ですが、多々良さんははっきりと姉の頼みを拒絶したようです。そのころ、姉は酒浸りでした。多々良さんへの未練を断ち切るため、年下の社員を神宮前の自宅マンションに泊めるようになったんでしょう」
「それは、『フォーエバー』のビデオカメラマンの木滑春馬のことだね?」
「ええ、そうです」
村瀬がうなずいた。
「故人は、だいぶ若いツバメに入れ揚げてたようだな」
「そうみたいですね。ですが、姉は木滑のことは単なるベッドパートナーと思ってたはずです。恋の残り火を消すことができなくて、姉は去年の秋ごろから多々良さんの仕事場の前で待ち伏せするようになりました。それで、警察に通報されてしまったようなんです」

「そのことは新事実だな。きみのお姉さんは、警告を受けたんでしょ?」
「ええ。警告を受けて一カ月ぐらいはストーカー行為はしなかったみたいですよ。だから、ようやく姉が未練を棄ててくれたんだと楽観してたんです」
「しかし、故人は背を向けた不倫相手を尾けたりするようになった?」
「つきまとうだけじゃなく、多々良さんの得意先に姉は中傷メールを送るようになったんですよ」
「多々良さんはどう反応したんだろう?」
「怒った多々良さんは『フォーエバー』に乗り込んできて、バックハンドで姉の頰を殴ったらしいんですよ。居合わせた木滑が多々良さんに組みついたんですが、反対に大外刈で倒されたそうです」
「社員の前で不倫してた相手に顔面を殴られたんだから、故人は何か仕返しをする気になったんじゃないの?」
　野上は誘い水を撒いて、手帳を上着の内ポケットに入れた。
「そのときはたまたま、木滑と二人っきりだったらしいですよ。その夜、姉はぼくに電話をしてきて、多々良さんを少し痛めつけてくれと言いました。ぼくは姉をやんわりと諫めました」

「お姉さんはどんな反応を示したのかな」

「大人げないことを口走ってしまったと反省してましたが、本当に後悔してたのかどうかわかりません。姉は負けず嫌いで、執念深い性格なんで」

「なら、自分で多々良さんを痛めつけてくる男を見つけて……」

「それは考えられますね。愛憎は背中合わせですからね。自分の熱い想いを受け入れてくれない多々良さんを烈しく憎んで、いっそ殺してしまおうと考えたのでしょうか」

「そうだったとしたら、多々良さんは逆襲する気になるかもしれないな」

「刑事さん、そうだったんじゃないですか。姉にしつこくまとわりつかれて、多々良さんはうんざりしてたんでしょう。その上、命を狙われたとわかったら、反撃に出たくなるんじゃありませんか」

「そういう衝動に駆られても不思議じゃないかもしれないな。多々良さんに会って、それとなく探りを入れてみましょう」

「一応、調べてもらえますか。よろしくお願いします」

村瀬が頭を垂れた。

野上は礼を述べ、座蒲団から腰を浮かせた。仏間を出て、玄関に向かう。

アンクルブーツを履いていると、村瀬の懐でスマートフォンが鳴った。発信者を確かめ

てから、故人の弟は通話相手に小声で告げた。
「いま、来客中なんだ」
「妻が横にいるわけじゃないよ。すぐにコールバックするから」
「…………」
通話が終わった。
野上は暇を告げ、村瀬宅を出た。
厚木で東名高速道路の上り線に乗り入れ、東京に戻った。
道路に向かう。専用覆面パトカーの運転席に乗り込み、小田原厚木
多々良圭のオフィスを探し当てたのは午後七時十分ごろだった。かつて村瀬茜と不倫の
関係にあった男は、自分の事務所にいた。
野上は応対に現われた女性事務員に刑事であることを明かし、所長との面会を求めた。
少し待つと、奥の所長室に通された。
多々良は、いかにもシャープそうな印象を与える。二人は自己紹介し合ってから応接ソ
ファに腰かけた。向かい合う形だった。
「コーヒーがよろしいですか？ それとも、日本茶のほうがいいのかな」
「どうかお気遣いなく。早速ですが、先月の十四日の夜に殺害された村瀬茜さんとはある
時期、親しくされていましたでしょ？」

野上は確かめた。

「ええ。彼女とは異業種交流パーティーで出会って、すぐに意気投合したんですよ。その後、幾度か二人で会ううちに……」

「特別な関係になったんですね」

「はい、そうです。すでに妻がいましたので、わたしは自制しなければいけなかったんですが、ぐいぐい惹かれてしまったんです。村瀬さんがわたしとの結婚を本気で望んでるなら、離婚してもいいと思っていました」

「そうだったんですか」

「しかし、村瀬さんは結婚には消極的でした。わたしの妻に申し訳ないという気持ちは少しはあったと思うんですが、事業欲のほうが勝ったんでしょうね。遊びではありませんでしたが、村瀬茜さんと密会しつづけました。わたしは妻を裏切っているという疚(やま)しさを感じながらも、村瀬さんと泊まりがけで温泉地に出かけたことも四、五回ありました。社員の慰安旅行だと妻には偽って、村瀬さんと泊まりがけで温泉地に出かけたことも四、五回ありました」

「村瀬さんと別れる決意をしたのは、奥さんが交通事故で寝たきりの状態になられたからなんでしょ?」

「そこまでご存じでしたか。浮気をしてたんで、罰(ばち)が当たったのかもしれません。妻が脊髄を損傷したと知ったとき、わたしはそう思いました。妻には何も罪はありません。配偶

者をほったらかして、村瀬さんと密かにデートすることに罪悪感を覚えるようになったんですよ。それで、彼女に別れたいと切り出したわけです」
「村瀬さんのほうは、あなたに未練があったようですね。多々良さんにストーカー行為をしてたとか?」

野上は核心に触れた。多々良がうなずき、被害者の実弟の証言と合致していた。

「村瀬茜さんは多々良さんとよりを戻せないとわかったら、あなたの得意先に誹謗中傷メールを送りつけたという情報もキャッチしてます。その話は事実なんですか?」
「ええ。さすがに腹が立ったので、わたし、彼女のオフィスに乗り込んだんですよ。それで、村瀬さんの頬をバックハンドで殴りつけてしまいました。女性に暴力をふるったことをすぐに悔やみましたが、もう取り返しがつきません。当然、村瀬さんはわたしを赦せない気持ちになったでしょう。彼女に何か仕返しをされるかもしれないと覚悟してたんですが、身に危険が迫るようなことはありませんでした」
「そうですか。正体不明の人間が脅迫電話をかけてきたことは?」

野上は質問した。

「そういうこともありませんでした。ただ、その後も村瀬さんのストーカーじみた行動に

悩まされつづけました。あれには、ほとほと参りましたよ」
「短気な者なら、殺意を覚えるかもしれないな」
「誘導尋問めいたおっしゃり方をしますね。わたしは、村瀬茜さんを殺したと疑われてるんだろうか」

多々良が笑いながら、小声で呟いた。その目は笑っていなかった。
「別に他意はなかったんですが、そう受け取られても仕方ないでしょうね。ちなみに事件当夜、あなたはどこで何をしてらっしゃいました?」
「事件のあった夜は、経営相談に乗ってる精密機器メーカーの役員たちに接待されて赤坂のクラブで飲んでましたよ」
「店名と役員の方たちの氏名を教えてもらえますか」

野上は言いつつ、懐から手帳を抓み出した。多々良が澱みなく質問に答える。といっても、予めアリバイを用意していた感じではなかった。
多々良は捜査本部事件には関与していないようだ。捜査員の勘だった。
「残念ながら、そうなんですよ。多々良さん、犯人に心当たりは?」
「捜査はあまり進んでないようですね」
「殺人事件に関係があるのかどうかわかりませんが、去年の十月上旬の夜、この雑居ビル

の近くで村瀬さんが十七、八歳の女の子と揉み合ってました。たしがオフィスから出てくるのを待ってたんでしょう」
「二人は何か言い争ってた様子でした?」
「ええ、そうでしたね。しかし、遣り取りまでは聞き取れませんでした。ただ、少女は右手に果物ナイフを握ってたな」
「その娘は村瀬茜さんを刺す気だったんだろうか」
「多分、そうする気だったんでしょう。少女はわたしに見られてることに気づくと、急いで逃げ去りました。村瀬さんも逆方向に走っていった。労使のトラブルではないんでしょう」
「果物ナイフを持ってた少女は、『女子高生お散歩クラブ』の登録メンバーなのかもしれません」
「その何とかってクラブはなんなんです?」
多々良が問いかけてきた。
「村瀬茜さんが本業の赤字を埋めるため、実弟に任せていた高級少女売春クラブですよ」
「彼女、村瀬さんはそんな違法ビジネスをしてたのか!? 何かの間違いではないのかな」
「いや、間違いありません。故人は現役女子高生百数十人をリッチな中高年男性に斡旋し

「信じられない。にわかには信じられない話です。村瀬さんはビジネスには貪欲でしたが、売春代金の四割をピンハネして荒稼ぎしてたんです」

「誇れる副業じゃありませんので、好きだった多々良さんには絶対にバレないようにしていたんでしょう」

「非合法な裏ビジネスをしていたとはまるで知りませんでした」

「おそらくね。わたしは、そこまで性根の腐った彼女と四年以上も妻に隠れて密会していたのか。人を見る目がなかったんだな。不徳の至りです。恥ずかしくて、死んでしまいたい気持ちですよ」

「村瀬茜さんは高級少女売春クラブの登録メンバーに何か理不尽なことをして、恨まれていたのかもしれません。そのあたりのことを少し調べてみます。貴重な時間を割いていただいて、本当にありがとうございました」

「奥さんの介護があるでしょうから、死ぬわけにはいかないでしょう?」

「ええ、そうですね」

野上はソファから立ち上がって、そのまま所長室を出た。エレベーターで一階に降りる。専用覆面パトカーは雑居ビルの斜め前に駐めてあった。初日の捜査はこれで切り上げ、もう塒(ねぐら)に戻ることにした。野上はプリウスに乗り込み、

すぐに発進させた。

駒沢の自宅マンションに着いたのは、およそ二十分後だった。駐車場にプリウスを置き、五〇五号室の自宅マンションに上がる。部屋の電灯は点いていた。

入室すると、恋人がシンクに向かって白菜を刻んでいた。

「あら、意外に早かったのね。寄せ鍋を早く食べたくなったんじゃない？」

「それより、きみを早く喰いたくなったのさ」

「その前に酒盛りでしょ？」

「わかってるって」

野上は沙也加を抱き寄せ、唇を軽く重ねた。

2

下腹部が生温かい。

野上は眠りを破られた。

自宅マンションのベッドの上だ。ナイトテーブルの上の腕時計を見る。日付が変わって午前五時近い。

野上は羽毛蒲団と毛布を一緒に大きく捲った。

沙也加が股の間にうずくまって、口唇愛撫を施している。素っ裸だった。寝室はガス温風ストーブで暖められている。寒くはない。
「起こしちゃって、ごめんね。わたし、また……」
沙也加がくぐもった声で言い、舌技に熱を込めはじめた。
野上は性感帯を的確に刺激され、力を漲らせた。
前夜は寄せ鍋をつつきながら、ビールと焼酎をしこたま飲んだ。沙也加は野上ほどではないが、アルコール好きだった。
二人は前夜の十時半ごろ、一緒に風呂に入った。浴室で戯れた後、裸のままベッドに移った。いつもそうしているわけではなかった。別々にシャワーを浴びてから、肌を重ねることが多かった。
昨夜は、気まぐれに二人で入浴したのである。交互に湯船に浸ってから、ボディーソープの泡に塗れた体を密着させて前戯に耽った。
野上はフィンガーテクニックを駆使して、沙也加をたてつづけに二度極みに押し上げた。二人は互いの官能を煽り、体を繋いだ。幾度も体位を変えて、アクロバティックな交わり方もした。
長いこと睦み合ってから、正常位でゴールに向かった。ほぼ同時に、頂に達した。

野上は背筋に甘やかな痺れを覚えながら、果てた。その瞬間、脳天が白く霞んだ。沙也加は三度目の高波に呑まれた。

野上たちは体を重ねたまま、余韻に浸りはじめた。

「謙さん、ありがとう。とってもよかったわ」

「おれもだよ」

「支援捜査中なのに、寝不足にさせちゃったわね」

「気にすんなよ。おれも、いい気持ちにさせてもらった」

「うふふ。あなたに迷惑をかけたからってわけじゃないけど、わたし、多々良圭の事件当日のアリバイの確認をしてあげる。それから、第三者に村瀬茜を殺させた疑いがまったくないかどうかもね」

沙也加が言った。

前夜、酒を酌み交わしながら、野上は支援捜査の初日の経過を沙也加に話していた。言うまでもなく、ルール違反だ。だが、沙也加は口が堅い。隠れ捜査のことを洩らしても、失点に繋がる心配はないだろう。

「大胆にサボったりすると、リストラの対象になるぞ」

「うまくやるから、心配しないで。報道局社会部の人間にも、それとなく探りを入れてみ

るわ。謙さんはどう動く予定なの？」
「手入れを受けて廃業に追い込まれた『女子高生お散歩クラブ』の店長をやってた須賀敬太に会って、登録してた女子高生のことをいろいろ教えてもらうつもりだよ」
「そう。JKリフレのことはよく知らないけど、マンションや雑居ビルの一室をパーティションで八つとか十とかに仕切って、各ブースで現役女子高生たちに客の男たちと雑談させたりしてるんだってね。それだけではなく、コスプレ姿を見せたり、絵筆で体をくすぐられるオプションもあるみたい。それで、客は五千円から一万円の料金を店に払ってるらしいわ」
「散歩コースや食事コースもあるらしいぞ。表向きはJKリフレのオプションがあるだけってことになってるが、客の多くは現役女子高生との性的な触れ合いを求めてるにちがいない」
「そうなんでしょうね」
「バイトをしてる娘 (こ) たちの中には、お金欲しさに体を売ってたのがいたんだろう。だから、村瀬茜はJKリフレの店を装って、高級少女売春クラブを裏ビジネスにする気になったんだと思うよ」
「ええ、多分ね」

沙也加が言った。

「多々良の証言通りなら、殺された女社長は高級少女売春クラブに登録してた女子高生に何かで恨まれてたんだろうな。店長だった須賀なら、そのあたりのことを知ってるだろうと睨んだんだよ」

「須賀の住所はわかってるの?」

「ああ。捜査資料に須賀の現住所も載ってた。代々木上原駅の近くのワンルームマンションに住んでるはずだ」

「店長だった男から新しい事実を得られるといいわね。シャワーを浴びたら、朝食の用意をするわ。謙さんは、それまで寝てて」

「飯なんか作らなくてもいいよ」

「寄せ鍋の食材と一緒にフランスパンやハムなんかを買ってきたの。それから、野菜も少しね」

「悪いな。食材、全部でいくらだった?」

「水臭いことを言うと、怒るわよ」

「おれは他人に金銭的な負担をかけたくないんだ」

野上は言った。

「わかってるわ。でもね、たいした出費じゃないの。だから、他人行儀なことは言わないで。悲しくなっちゃうわ」
「わかった。それじゃ、ご馳走になることにするよ」
「ええ、そうして」

沙也加がベッドを滑り降り、野上の裸身に寝具を優しく掛けた。

野上は沙也加が浴室に向かってから、セブンスターに火を点けた。情事の後の一服は、格別にうまい。ゆったりと紫煙をくゆらせる。煙草の火を消して天井をぼんやりと見上げているうちに、いつしか野上はまどろんでいた。

沙也加に揺り起こされたのは午前八時過ぎだった。

「朝食ができたから、一緒に食べよう」

「その前にシャワーを浴びたいな」

野上はベッドを離れ、浴室に足を向けた。

部屋の間取りは１ＬＤＫだ。ダイニングテーブルの上にはマグカップやパン皿が載っていた。コーヒーの香りが漂っている。

野上は熱めのシャワーを頭から浴び、ざっと体を洗った。脱衣室を兼ねた洗面所には、洗いざらしの下着と部屋着が用意されていた。

沙也加はとても気が利く。結婚したら、良妻になりそうだ。しかし、沙也加に結婚願望はなかった。
　ダイニングキッチンに移ると、食卓にはフランスパンのトースト、ハムエッグ、野菜サラダなどが並んでいた。野上はテーブルに着いた。
　沙也加が手早く二人分のコーヒーを用意し、野上の正面に坐った。
「きみが泊まった翌日は、うまい朝食を喰える。ありがたいと思ってるよ。普段は前夜にコンビニで買った菓子パンやバナナを喰ってるんで」
「朝食はしっかり摂らないとね。栄養をバランスよく摂らないと、体を壊しちゃうわよ」
「そうだな。いまは健康だが、四十代になったら、肝臓がへたるかもしれない。それからヘビースモーカーなんで、肺も危いな」
「ウェルター級の学生チャンピオンだった謙さんが頼りないことを言わないで心配するなって」
　野上は笑顔で言い、ハムエッグを食べはじめた。沙也加は野菜サラダから食べだした。
　二人は雑談を交わしながら、食事を済ませた。
「後片づけはおれがするから、きみは出勤の準備をしろよ」
「いいのかしら？」

「任せてくれって」
　野上はシンクに向かい、食器を洗いはじめた。沙也加は化粧ポーチを持って洗面所に足を向けた。
　彼女はメイクしている姿を決して野上に見せない。裸を見られるよりも恥ずかしいと以前、語っていた。時代が変わっても、そうした羞恥心を女性は失ってはいけないのではないか。
　野上は皿やマグカップを洗い終えると、リビングソファに坐った。テレビの電源スイッチを入れる。ニュースを観ていると、身仕度を終えた沙也加が近づいてきた。
「きょうも綺麗だな」
「メイクで上手に化けただけよ。会社に行く時間になったんで、先に出るわ」
「少し待ってもらえば、車で関東テレビまで送るよ」
「ううん、大丈夫！　多々良圭の件は、ちゃんと調べるわ」
「無理するなよ」
　野上は片手を挙げた。
　沙也加が軽く手を振り、玄関ホールに向かった。野上は煙草をくわえ、ワイドショー番組を十分ほど観た。すぐに退屈してしまった。

野上はテレビの電源を切り、寝室で着替えに取りかかった。それほど時間は要さなかった。野上は戸締まりをして、部屋を出た。歩廊には寒風が吹いていた。一階に降り、駐車場のプリウスに乗り込む。

エンジンを始動させたとき、伏見刑事課長から電話がかかってきた。

「少し前に『フォーエバー』の女社長を殺ったという男が署に出頭してきたんだよ」

「そうなんですか。そうなら、お役御免ですね」

「いや、それがどうも真犯人(ホンボシ)ではないようなんだよ。一月十四日の事件のことはよく知ってたんだが、被害者とはまるで接点がなさそうなんだ」

「人騒がせな出頭だったということですか?」

野上は言った。

「おそらく、そうだったんだろう。捜査本部の捜査班がいまも取り調べ中なんだが、供述は矛盾(むじゅん)だらけらしいんだ」

「殺人犯と称してる奴に犯歴は?」

「寸借詐欺(すんしゃくさぎ)の常習犯で、無銭飲食でも一度検挙されてる。数カ月前に前橋(まえばし)刑務所を仮出所したばかりなんだ。働き口が見つからないし、所持金も乏(とぼ)しくなったんで……」

「一日三食喰わせてもらえる刑務所に戻りたくて、人殺しをしたと嘘をついたのかもしれ

「ないですね」

「そうにちがいない。人騒がせな奴がいたもんだ。そんなことだから、支援捜査は続行してくれないか。もちろん、神谷署長の指示だよ」

「わかりました」

「きのう一日では大きな収穫は得られなかっただろうな」

伏見がそれとなく探りを入れてきた。野上は捜査の有力な手がかりを得られたときは、署長か刑事課長に報告することを義務づけられていた。初日に大きな収穫があったわけではなかったが、多々良圭から聞いた話を伏見に伝えた。

「去年の十月に被害者と揉み合ってた少女が果物ナイフを持ってたという話なら、『女子高生お散歩クラブ』に登録してた娘なんだろう。その女子高生は村瀬茜に巧みに騙されて体を売る羽目になったんじゃないだろうか」

「そう推測できますよね。なので、これから『女子高生お散歩クラブ』の店長だった須賀の自宅に向かうとこだったんです」

「そうだったのか。元店長は、そのへんのことを知ってそうだな。須賀から情報を引き出してくれないか。野上君、頼むぞ」

刑事課長が電話を切った。

野上は刑事用携帯電話を懐に戻し、プリウスを走らせはじめた。最短コースを選んで、代々木上原に向かう。

目的のワンルームマンションに着いたのは、およそ三十分後だった。三階建ての低層マンションは、小田急線の代々木上原駅から四百メートルほど離れた所にあった。坂道の途中に建っていて、外壁は薄茶のタイル張りだった。

野上は専用覆面パトカーをワンルームマンションの隣家の石塀に寄せ、すぐに運転席から出た。須賀が借りている部屋は二階の奥の角部屋だった。二〇五号室だ。

野上は、二〇五号室のインターフォンを響かせた。野上は小声で渋谷署の刑事であることを告げてから、まず確かめた。

「須賀敬太さんでしょ?」

「そうですけど、おれ、渋谷署管内で危いことなんかやってませんよ」

「ちょっと聞き込みをさせてもらうだけだから、ドアを開けてくれないか」

「わかりました。いま、開けます」

待つほどもなく、男の声で返事があった。

須賀が言って、ほどなく顔を見せた。少し崩れた感じだが、垂れ目だった。そのせいか、凄みはない。

「ちょっとお邪魔するよ」

野上は姓だけを名乗って、二〇五号室に足を踏み入れた。後ろ手にドアを閉める。

「おれ、村瀬茜の事件には絡んでませんよ。宇田川町の店にオーナーが顔を出したのは、数える程度だったんです。表向きは弟の雅也さんが経営者ってことになってたんですよ」

「そのことはわかってる。単刀直入に訊くぞ。村瀬茜が高級少女売春クラブの本当のオーナーだとわかってた登録メンバーは何人ぐらいた?」

「三、四十人の娘は知ってたと思うな。もう摘発されて店は潰れちゃったから喋っちゃいますけど、『女子高生お散歩クラブ』もオープン当初は、JKリフレをおとなしくやってたんです。でも、客のほとんどが現役女子高生とエッチしたがってたんで、村瀬姉弟が高級少女売春クラブに鞍替えしたんですよ」

「弟の雅也さんが店でバイトをしてた女子高生に体で稼ぐ気はないかとひとりずつ打診してみたのか?」

「ええ、そうなんです。だけど、売春(ワリキリ)をしてもいいと即答した娘は三人だけでした。それじゃ、おいしいビジネスになりませんよね?」

「そうだな」

「で、村瀬茜が悪知恵を働かせたんです。店の登録メンバーになれば、将来、アイドルや

モデルになれるという求人広告をティーンズ雑誌に載せたんですよ。そしたら、たちまち五百人を超える娘たちがその気になってリッチな客の大半は芸能界やマスコミの有力者たちだと騙して、百数十人の現役女子高生を高級娼婦にしたんです」

「悪質だな」

「そうですね。でも、本気でアイドルやモデルになれると夢見てる娘は少なかったはずです。多くは金持ちのおじさんたちとナニすれば、手っ取り早く数十万円を一カ月で稼げることに惹かれたんでしょう。遊ぶ金が欲しい娘だけじゃなく、何か事情があって短期間でまとまった金を得たい娘もいたんですよ。留学費用とか高級ブランド品を購入する金を工面したいとかね」

「そうか」

「厄介なのは、本気で芸能界入りできると信じて体を売りつづけた娘たちですね。いくら待っても、デビューのチャンスなんか巡ってきません。中には騙されたのかもしれないと思って、売春の仕事を辞めたいと言い出す娘もいました」

「そんな娘はどうやって引き留めてたんだ?」

「村瀬さんの姉さんがそういう娘に会って、辛抱してチャンスを待てと優しく説得してま

した。それで売春の仕事をつづけるケースが多かったですけど、ひとりだけ辞めちゃった娘がいましたね」

須賀が言った。

「その彼女の名は?」

「椎名志穂という名前で、共和女子高の二年生ですよ。美少女の志穂はタレント志望で、読者モデルもしてたんです。だから、いつかは華々しく芸能界入りできると信じて、自分の父親より年上のおっさんたちに抱かれてたんでしょう」

「だが、いつまで待ってもデビューできる様子はなかった。それで、高級少女売春クラブを脱けたんだろうな」

「そうなんですよ」

「辞めるのは当然だな」

「そうですよね。志穂は自分をうまく利用した村瀬茜に何らかの形で復讐してやると捨て台詞を吐いて、弟の雅也さんを睨みつけてから店を出ていきました。おれも、ちょっと良心が痛みましたよ」

「善人ぶるな」

「今度は真面目な仕事に就きます。でも、傷害の前科(マエ)があるんで……」

「時間はかかっても、まともな仕事を見つけるんだな。そっちも悪事の片棒を担いでたんだから、心を入れ替えろ」

野上は言って、二〇五号室を出た。

椎名志穂と会えば、何か手がかりを得られるかもしれない。野上はそう考えながら、階段を勢いよく駆け降りはじめた。

3

校門は閉ざされている。

千代田区内にある共和女子高校だ。共和女子大の附属校で、中学校のキャンパスは隣接している。大学は東京郊外にある。

午前十一時過ぎだった。

野上はプリウスの運転席から共和女子高校の校庭を眺めながら、どんな方法で椎名志穂と接触すべきか思案中だった。素姓を明かして志穂との面会を求めるわけにはいかない。そんなことをしたら、志穂が法に触れるアルバイトをしていたことが教職員にわかってしまう。

野上は懐から私物のスマートフォンを取り出した。検索して共和女子高校の代表電話番号を調べる。すぐ発信した。

スリーコールで、通話可能状態になった。電話口に出たのは女性だった。

「わたくし、二年生の椎名志穂の母方の叔父です。志穂がお世話になっています」

野上は後ろめたさを覚えながら、澱みなく喋った。

「何か緊急なことでも……」

「ええ、そうなんですよ。わたくしの母、つまり志穂の母方の祖母が危篤に陥りましたので、すぐに帰宅させていただけないでしょうか」

「わかりました。これから二年C組の教室に向かいます」

相手が緊張した声で応じ、通話を切り上げた。野上はスマートフォンを所定のポケットに戻した。

教職員を騙すような真似はしたくなかったが、やむを得ないだろう。刑事が聞き込みに訪れたという噂が校内に広まったら、椎名志穂は好奇の的になってしまう。嘘も方便だ。

六、七分経ったころ、校舎から美少女と中年の男が現われた。二人は校庭を横切り、正門に向かってくる。志穂と職員だろう。

中年男性が門扉を開け、容姿の整った女子生徒に何か言った。

志穂と思われる少女が門の外に出た。制服の上に、キャメルカラーのダッフルコートを羽織っている。マフラーはバーバリーのチェック柄だ。
　美少女は最寄り駅に向かって足早に歩きだした。野上は専用覆面パトカーを低速で走らせはじめた。女子高生の後ろを数百メートル進んでから、プリウスをガードレールに寄せた。気配で、美少女が振り返った。だが、足は止めなかった。野上は運転席から急いで降り、美しい少女を追った。
「ちょっと待ってくれないか」
「え?」
　相手が立ち止まった。警戒している表情だ。
「急いで家に帰る必要はないんだ。母方の祖母が危篤だという話は事実じゃないんだよ。きみに訊きたいことがあったんで、電話で作り話をしたんだ。ごめんな」
「おじさん、誰なの?」
「まだ三十代なんだが、おじさんか」
「うちらから見たら、おじさんでしょ」
「ま、いいか。きみは椎名志穂さんだね?」
　野上は確かめた。

「そうだけど、何なの？　おじさん、何屋さんなのよ」
「警察の者なんだ」
「やだ！」
志穂が通学鞄を抱え、一目散に逃げだした。野上はすぐに追った。じきに追いついた。
志穂の片腕を摑む。
「きみを補導しに来たんじゃないから、逃げないでくれ」
「おじさん、本当に刑事さんなの？」
志穂が訝しんだ。野上は警察手帳を短く見せた。
「それ、ポリスグッズの店で買った摸造品でしょ？」
「偽刑事じゃないよ。信用できないんだったら、渋谷署で事情聴取させてもらってもいいんだ」
「渋谷署には行きたくない。危険ドラッグで説諭されたわけじゃないけど、渋谷署は敬遠したいわ」
「宇田川町にあった『女子高生お散歩クラブ』の登録メンバーだったことは把握してるが、その件で補導することはない。約束するから、安心してくれ」
「だけど、わたし……」

志穂が全身でもがいた。野上は右腕に力を込めた。
「こっちは、一月十四日に殺された村瀬茜の事件を調べてるんだ。『女子高生お散歩クラブ』の真の経営者だった女性社長のことは知ってるね？」
「あの女は性質が悪すぎるわ。だから、殺されたのよ。いい気味だわ」
「立ち話をしてると目立つから、車の中で話を聞かせてくれないか」
「わたしを絶対に補導しないから、いいけど」
「約束は守るよ」
「白黒のパトカーに入れられるんじゃないでしょ？　それだと、もろに目立っちゃう」
「こっちは覆面パトカーに乗ってるんだ」
「それなら、オーケーよ。車はどこなの？」
　志穂が周りを見回した。
　野上は志穂をプリウスに導き、後部座席に坐らせた。自分も、志穂の横に乗り込む。
「きみはタレント志望だったみたいだな」
「うん、そう。小学生のときから児童劇団に入って、芸能界で活躍したいと思ってたの。劇団の公演では主役をやらせてもらったんだけど、テレビや映画出演の話はなかったわ」
「そう」

「中二のときに美少女コンテストに出て、最終選考まで残ったのよ。でも、入賞できなかったの。審査員のひとりが、わたしは目鼻立ちは整ってるけど、人形みたいで味がないんだと評してた。そんなことで、もう芸能人になる夢は捨てようと思ったの」
「しかし、高校生になってから、また……」
「そうなのよ。それで、わたし、いろんなオーディションを受けまくったわ。だけど、個性がないとか、冷たい印象がマイナスだとか言われちゃったんで、半ば諦めてたわけ」
「そんなとき、ティーンズ雑誌に『女子高生お散歩クラブ』の登録メンバー募集の広告が載ってたんだ」
「期待外れだとがっかりしてるころ、村瀬茜の弟の雅也に売春の仕事を持ちかけられたんだね？」
「おじさん、よく調べてるね。そうなのよ。芸能界の有力者たちと太いパイプがあるという触れ込みだったから、即、登録しちゃったわけ。でも、最初はJKリフレのバイトをやらされるだけだった」
「うん、そう。さすがに抵抗あったけど、表向きの経営者から現役女子高生に興味を持ってる客の中には大手芸能プロの役員やテレビ局の大物プロデューサーがいるから、アイドルか女優になれる可能性はあると何度も言われたの」

「それで、体を売る気になったのか」
「そうなの。有名な芸能人の子供は親の七光りでデビューできるけど、一般家庭で育ったタレント志望者は枕営業で映画やテレビ出演のチャンスを摑んでるという話を聞いてたんで、わたし、割り切ることにしたのよ」
「女の武器を使ってタレント、モデル、歌手になったケースは稀だと思うが、その種の噂は昔からあった。しかし、世の中はそんなに甘くないんじゃないかな」
「そうみたい。わたしは芸能関係者やテレビ局の偉いさんのベッドパートナーを務めたけど、こちらの売り込みをまともに聞いてくれる男はひとりもいなかったわ。高いプレイ代を払っても、若い娘の体を弄びたいだけだったんでしょうね。体のレンタル代が一回手取りで六万円になるから、バイトとしては悪くないんじゃないの。けど、自分の体と心がどんどん汚れていく気がして、わたし、登録メンバーから脱けようと思ったのよ」
「そのことをダミーのオーナーに言ったら、姉の方の村瀬茜がきみを強く引き留めたんだろう?」
「うん、そう。村瀬茜はフレンチのコース料理をご馳走してくれて、ある大物映画プロデューサーがわたしを青春映画のヒロインに抜擢する気でいるって言ったの。わたしは舞い

上がっちゃって、その相手が予約したホテルに何度も行った。そのおっさんは六十歳ぐらいで、変態だったの」
「どんなことをされたんだい?」
「行為が終わると、必ずバスルームで排尿シーンを見せろと迫ったのよ」
「映画デビューできるかもしれないと思って、要求に応じたのか?」
「そうなの。とっても惨めだったけど、わたし、耐えたわ。けどね、その男は映画プロデューサーなんかじゃなかったの。飲食店チェーンの運営会社の社長だったのよ」
志穂が溜息混じりに言った。
「きみは村瀬姉弟に騙されたんだな」
「そういうことよね。芸能界に入りたがってたメンバーはほかにも何人かいたけど、わたしみたいに本気で志望してたわけじゃない。だから、金持ちのおじさんたちとセックスして、せっせと稼いでブランド物の服やバッグを買ってた。だけど、わたしは『フォーエバー』の女社長にうまく利用されたことが赦せなかった」
「何か仕返しをしたのかな?」
野上はさりげなく訊いた。
「わたし、村瀬姉弟を誰かに殺してもらいたくて、ネットの裏サイトを片っ端から覗いて

みたの。だけど、人殺しを請け負うという書き込みはなかったわ。だから、歌舞伎町や池袋に出かけて、不法滞在してそうな外国人に声をかけたの。でも、誰も取り合ってくれなかった」

「で、自分で村瀬茜を果物ナイフで刺す気になったのか」

「おじさん、何を言ってるの⁉」

志穂が声を裏返らせた。

「十月上旬のある夜、南青山にある雑居ビルの近くで村瀬茜が高校生ぐらいの女の子と揉み合ってるとこを目撃した者がいるんだ。証言者の話によると、少女は果物ナイフを握ってたそうだよ。きみじゃないのか?」

「変なこと言わないでよ! わたし、確かに村瀬姉弟を憎んでたわ。殺してやりたいとも思ってた。でも、わたしじゃない。第一、女社長の本業の事務所がどこにあるかも知らないもの。おじさん、信じて! わたし、人殺しなんかしてないって」

「きみは村瀬姉弟、特に茜を恨んでた。犯行動機はあるってことになる」

「そうだけど、わたしは犯人じゃないよ。村瀬茜が殺されたのは一月の何日だったっけ? 中旬だった気がするけど」

「一月十四日だよ。死亡推定時刻は午後十時から十一時半の間だ」

「その日は仲のいい友達の誕生日だったから、その子の家に泊まりがけで遊びに行ったの」
「いまのクラスメイトなのかな?」
「ううん、中学時代からの友達よ。品田陽華って名で、わたしと同じ町内に住んでる。誕生会に招ばれたのはわたしだけじゃないの。四人の旧友が招待されたし、陽華の両親と妹が家にいた。だから、その人たちに確かめてもらえば、わたしが事件にタッチしてないとはわかるはずよ」
「旧友の連絡先を教えてくれないか」
野上は懐から手帳を取り出し、必要なことを書き留めた。
「陽華のお母さんは専業主婦だから、家にいると思うわ。刑事さん、すぐに電話をしてくれない?」
「後で確認させてもらうよ。ところで、きみと同じように村瀬茜を快く思ってなかった登録メンバーはいたのかな」
「佳那って高二の子も、女社長を恨んでたと思う。その彼女はシングルマザーに育てられたんで、高校を出たら、働いてくれってお母さんに言われてたんだって。でも、本人はどうしても大学に行きたいんで、放課後、高一のときからハンバーガーショップで働いてた

らしいの。でも、時給がそんなに高くないんで、なかなか学費が貯まらなかったみたい。だから、JKリフレのバイトをするようになったんだって」
「その彼女は体を売ってたのかな?」
「最初は個室で客の話し相手をして、コスプレ姿や水着姿を見せてただけだったの。だけど、パンティーの中に手を突っ込んだ客がいるんで、佳那は渋谷署に駆け込もうとしたのよ」
「店を任されてる村瀬雅也は慌てたんじゃないのか」
「そうなのよ。表向きのオーナーは佳那をなだめて、強力な誘眠剤入りのコーヒーを飲ませ……」
「村瀬雅也にレイプされたんじゃないのか?」
「そうじゃないの。佳那は茜のマンションに運ばれて、三人の不良ナイジェリア人に輪姦されちゃったの。そいつらは以前、センター街で覚醒剤(スピード)を売ってたんだけど、密売グループが横浜に移っても、渋谷で風俗店やキャバクラの客引きをやってたのよ。女社長の弟がそいつらを集めて、佳那を姦らせたんだと思う」
「そんなことがあったのか」
「茜はスマホで輪姦シーンを動画撮影して、佳那に体を売ることを強いたんだって。それ

で、彼女はわたしたちと同じようにリッチな男たちに抱かれてたのよ。お金は稼げるけど、佳那は売春を強要されたんだから、村瀬茜のことはかなり憎んでたんじゃないかな」
「そうだろう」
「ひょっとしたら、去年の十月、佳那が村瀬茜を刺し殺そうとしたんじゃない？」
「佳那って子の苗字を教えてくれないか」
「老沼よ。自宅は池尻のあたりにあるみたいだけど、住所まではわからないわ。都立高校に通ってるの」

志穂が校名を挙げた。広尾にある。
「老沼佳那って子に会ってみるよ」
「佳那は根が真面目だから、自分に体を売ることを強いた村瀬茜を果物ナイフで刺そうと思ったのかもね。でも、誰かに見られてたんで、目的は果たせなかったんじゃないかな」
「そうなんだろうか」
「それでさ、先月の十四日に佳那は『フォーエバー』に押し入って女社長を殺したのかもね。そうだったとしても、刑事さん、佳那を捕まえないで。人殺しはよくないけど、女社長は佳那をひどい目に遭わせたんだから。殺されても仕方ないでしょ」
「佳那という子が村瀬茜を殺害したのかどうかは、まだわからない」

「そうなんだけどね。登録メンバーの多くは割り切って売春をしてたんだけど、佳那はいやいや体を売らされたんだよ。人生を台なしにされたんだから、彼女を鑑別所に入れないでやって」

「きみは、せっかちだな。繰り返すが、まだ老沼佳那が犯人だと決まったわけじゃないんだ」

「そっか、そうだったわね。それはそうと、わたしたち登録メンバーは売春防止法で補導されるの？ そうなったら、わたしの人生は終わりだな。おじさん、これからホテルに行かない？ ベッドで目一杯サービスする。だからさ、わたしのことを見逃して！ 村瀬雅也は書類送検されたけど、売春をしてたメンバーは誰も警察に呼ばれてないのよね。だから、ずっとびくびくしてたの。体だけじゃ駄目なら、五十万、ううん、八十万円ぐらいは払えるわ」

「こっちは殺人事件の捜査を担当してるんだ。売春事案は管轄外だから、きみらを補導したりしないよ」

「でも、防犯関係の刑事さんにわたしたちはマークされてるんでしょ？『女子高生お散歩クラブ』が摘発されたとき、担当捜査員は客のリストと一緒にきみら登録メンバーの名簿も押収しただろう」

「当然、そうだろうね。けど、わたしたちは誰も警察に呼び出されてない。そのことが不思議だし、不気味でもあるの。だから、なんか落ち着かないのよ」
「高校生の女の子たちと遊んだ客の中には有力者がいるようだから、警察庁の偉いさんに圧力がかかったんだろう。超大物の政治家やキャリア官僚に泣きつかれて、事件を揉み消すことがないとは言えないんだよ。情けない話だがな」
「警察は法を破るなと市民に偉そうに言ってるけど、そういう外部の圧力に屈してるのか。案外、だらしないんだね」
「悔しいが、そうした弱さがあることを認めざるを得ないな。多分、登録メンバーはお咎めなしだと思うよ」
「早退きさせてしまって、悪かったな。どこかで少し時間を潰してから、家に帰るんだね」
「それなら、ラッキー!」

 野上はリア・ドアを押し開け、先に車を降りた。すぐに志穂もプリウスから出て、最寄り駅に向かって歩きだした。
 野上はプリウスの運転席に乗り込んだ。手帳を見ながら、品田陽華の自宅に電話をかける。受話器を取ったのは椎名志穂の旧友の母親だった。

「渋谷署の者ですが、確認させてほしいことがあるんですよ」

「何を確認されたいんでしょう?」

「一月十四日は、娘さんの誕生日ですね?」

「ええ、娘の誕生日ですが……」

「中学時代からの友人の椎名志穂さんがほかの四人と一緒に誕生パーティーに招かれたようですね?」

「はい。娘と最も親しくしてる志穂ちゃんは泊まりました。ほかの友達は十時半ごろに揃って帰りましたけどね」

「そうですか」

「志穂ちゃんのアリバイ調べなんですね?」

「当夜、ある事件現場に椎名志穂ちゃんがいたという情報が警察に寄せられたんですが、念のために確かめさせてもらったのです」

「先月十四日の夜は、間違いなく志穂ちゃんは我が家にずっといましたよ」

「そうですか。ご協力、ありがとうございました」

野上は電話を切り、プリウスを走らせはじめた。どこかで腹ごしらえをしてから、老沼佳那の通う高校に向かうことにした。

4

　五時限目の授業が終わったようだ。
　校舎から生徒たちが続々と出てくる。広尾にある都立高校だ。
　野上は校門の近くに立っていた。下校する生徒の誰かに声をかけ、老沼佳那でもらうつもりだ。
　級友と連れだって下校する生徒たちが多い。そういう一団を遣り過ごしていると、黒縁の眼鏡をかけた小太りの女生徒がひとりで歩いてきた。
　野上は、その少女に声をかけた。とっさに思いついた作り話をする。
「ちょっといいかな。わたしは、ある予備校の職員なんだ。きみは老沼佳那という生徒を知らない？」
「老沼さんなら、同じクラスです。彼女にどんな用があるんですか？」
「うちの予備校の特別受講生として、四月からスタートするセミナーに参加してほしいと思ってるんだ」
「特別受講生というのは、すごく成績がよくないとなれないんでしょ？」

相手が訊いた。

「学業が選考基準にはなっていないんだ。家庭の経済事情で大学進学を諦めたり、初年度の納入金の工面に苦労してる高校生たち数十人を無料で受講できるクラスを設けることになったんだよ」

「少子化で予備校も生き残り競争がはじまってるみたいですから、そういうサービスをしないと……」

「そうなんだ。だから、母子家庭や父子家庭で育った高校生の金銭的な負担を少しでも減らしてあげたいという気持ちから、特別クラスを新設することになったんだよ」

野上は嘘を濾みなく語った。

「いいことですね。老沼さんも母子家庭だとかで、進学するなら、自分で学費を工面しなければいけないみたいなんですよ。現にバイトをしてるから、無料で予備校に行けるんなら、きっと喜ぶと思います」

「ぜひ受講してほしいな」

「えーと、老沼さんは……」

眼鏡の少女が横に移動し、後方を振り返った。野上も同じ方向を見た。

「老沼さん、いましたよ。いま、呼んできます」

気のよさそうな女生徒は校庭の中ほどまで駆け戻った。そして、ひとりで歩いている少女に話しかけた。

二人は小走りに駆けてきた。相手は老沼佳那だろう。

「老沼さんです」

「ありがとう」

野上は小太りの生徒を犒った。相手が会釈して、ゆっくりと遠ざかっていった。

「わたし、老沼です。どちらの予備校の方なんですか？」

「予備校の職員と偽ったが、実は渋谷署の者なんだ」

「えっ」

佳那が絶句した。みるみる蒼ざめる。

「最初に言っておくが、きみを補導に来たんじゃないんだ。だから、安心してくれないか」

「先月の十四日に発生した殺人事件の聞き込みなんだよ」

「そうなんですか」

「ここじゃ、目立つね。近くにあまり人のいない場所はないだろうか」

「少し歩いた所に公園があります」

「案内してくれないか」

野上は促した。佳那が歩きはじめる。野上は彼女に従った。
　佳那は地味な感じで、髪をポニーテイルにまとめていた。数分歩くと、都営住宅が見えてきた。目的の公園は都営住宅の真裏にあった。
　寒いからか、人の姿は見当たらない。野上たち二人は、出入口のそばのベンチに並んで腰かけた。
「わたし、どうしても進学したかったんです。でも、母子家庭なんで、親には働いてほしいと中学のころから言われつづけてたの。だから、JKリフレのバイトをするようになったんですよ。だけど、売春をする気なんか本当にありませんでした。それだけは信じてください」
　佳那が涙声で言った。
「きみは客に下着の中に手を突っ込まれたんで、渋谷署に駆け込もうとしたんだね?」
「はい」
「そのあたりのことはわかってるんだ。村瀬雅也に誘眠剤入りのコーヒーを飲まされて、『フォーエバー』の女社長の自宅マンションで屈辱的なことをされた話は言わなくてもい
い」
「は、はい」

「そんな経緯(いきさつ)があって、きみは体を売らされた。恥ずかしいシーンを動画撮影した村瀬茜を殺したいと思う気持ちはわかるよ」

「わたし、あの女を殺す気なんかありませんでした。去年の十月、南青山まであの女を尾行して、果物ナイフをちらつかせたことは事実です。わたし、女社長に土下座して謝罪してほしかったんですよ」

「しかし、村瀬茜は詫びようとしなかった?」

「ええ。謝るどころか、わたしがお金を得るために体を売ってることを母に教えてやるなんて開き直りました。そのとき、わたしは村瀬茜を本気で刺したい衝動に駆られたの。ほんの一瞬でしたけど、殺意を覚えたんですよ。そのとき、なぜか母の顔が頭にちらついたんです。それに誰かの視線を感じたので……」

「急いで逃げたわけか」

野上は確かめた。佳那が深くうなずく。多々良圭の証言と一致している。しかし、ふたたび殺意が芽生えたとも考えられなくはない。

「先月十四日の夜、村瀬茜は自分のオフィスで何者かに絞殺された。そのことは知ってるね?」

「ええ。刑事さんはわたしを疑ってるんですか!?　わたし、犯人じゃありません。その日

は風邪で微熱があったんで、学校から帰宅して寝ていました。そのことは母が知っています。母に確認してもらえば、わたしが事件に関わってないことははっきりするでしょう。でも、そうしたら、体を売って学費を工面しようとしてたことを知られてしまう。わたし、どうしたらいいんでしょう？」
「親族の証言だけじゃ弱いんだよ。身内を庇いたくて、嘘をつくケースもあるからね。赤の他人の証言がないと、きみのアリバイは立証されないんだ」
「それじゃ、わたしは犯人にされてしまうんですかっ」
「捜査はそんなにラフじゃない。こっちの心証では、きみはシロだな。村瀬茜のことは憎んでいたんだろうが、殺害はしてないと感じ取ったよ」
「わたしを信じてくれて、ありがとうございます」
「バイト仲間で、同じように村瀬茜を憎んでた娘はいなかった？」
 野上は訊いた。
「いました、二人。ひとりは星さくらという名で、高二です。もうひとりは五代百合という名前で、高三です」
「どういう娘たちなんだ？」
「星さんは、牧師の娘さんです。お父さんがカトリックの神父みたいに厳格で、とっても

「口やかましいらしいんですよ」
「プロテスタントの牧師は、それほど禁欲的な戒律があるわけじゃないと思うがな」
「そうですよね。そんなことで、星さんは子供のころから父親に反抗的だったらしいんですよ。両親に内緒で腕にタトゥーを入れたことを去年の秋に見つかって、勘当されちゃったの」
「その彼女は、どこかで独り暮らしをしてるのかな」
「いいえ。星さんは母方の伯母宅に居候して、学校に通ってます。親からの援助がないんで、いろんなバイトをした後、『女子高生お散歩クラブ』で働くようになったんですよ。伯母さんにあまり金銭的な負担をかけたくないんでしょう」
「偉いな」
「そうですね。ちょっとリフレの仕事をしたみたいなんだけど、それではたいして稼げません。それで、おじさんたちのベッドパートナーを務めるようになったんです」
「星さくらって子の連絡先を教えてくれないか」
「はい」
佳那が鞄からスマートフォンを取り出した。野上は、星さくらの番号をメモした。
「居候してる伯母の家は大田区内にあるみたいですけど、所番地までは知りません」

「それでも助かるよ。五代百合って子についても教えてくれないか」

「わかりました。五代さんのお父さんは、東京高等裁判所の判事をやってるんですって。裁判官のせいか、やっぱり子供に厳しいみたいですよ。五代さんは小学生のころからお父さんに自分と同じように法律家になれと言われてたんですって」

「本人には別の夢があるんだろうな」

「ええ。五代さんは、美術系の大学に進みたいと考えてたらしいんです。でも、名門大の法学部に進む気がないなら、学費は一切出さないと言われたみたいなの」

「いまどき珍しい頑固親父だな」

「ええ、そうですね。それで、五代さんはアメリカの大学に入る気になったらしいんです。その留学費用を工面するため、体で稼ぐ気になったという話でした」

「そう」

「前置きが長くなりましたけど、星さんと五代さんは商業ビルを十何棟も持ってる資産家の客に気に入られて、村瀬姉弟から3Pの相手をしてやれと言われたんですって。プレイ代はひとり二十万円だという話だったそうですけど、どちらもきっぱりと断ったらしいんですよ。当然ですよね。男ひとり、女二人のセックスなんて恥ずかしいし、屈辱的ですから」

「村瀬姉弟は、それで話を引っ込めたのかな?」
「いいえ。村瀬茜は自分たち姉弟にとことん逆らう気なら、二人の親に娘が体を売ってるということをバラすと脅迫したそうです」
「親が牧師と裁判官なら、どっちも自分の娘を亡き者にする気になるかもしれないな。そこまでいかなくても、親子の縁は完全に切られることになるだろう」
「そうでしょうね。星さんも五代さんも父親とは断絶したままでいいと思ってたみたいですけど、母親や兄弟が生きにくくなるのは申し訳ないと考え直したようで……」
 佳那が口ごもった。
「いくつも商業ビルを持っているおっさんと3Pをやらざるを得なかったのか」
「そうなんです。その客は、星さんと五代さんにレズ・プレイを強要したらしいんですよ。二人が拒むと、ホテルに村瀬茜を呼びつけたそうなんです。女社長は二人のバイトのことをそれぞれの親に話すと脅迫して、キスをさせたり、オーラルプレイをさせたようで。客の男は異常に興奮して、茜はそれを見届け、満足した表情で部屋を出ていったそうです。
星さんと五代さんを交互に抱いたみたいですよ」
「二人が歪んだプレイの相手をさせられたのは、それ一回きりだったんだろうか」
「いいえ。その後も、星さんたち二人は3Pにつき合わされたみたいです」

「客の男は金で何でも叶うと思ってやがるんだろう。たくさんピンハネできるというんで、二人に３Ｐをやらせた村瀬茜もまともじゃないな」
「わたしも、そう思います。弱みにつけ込まれた星さんと五代さんは口にこそ出しませんでしたけど、わたしと同じように茜を憎んでたにちがいありません」
「それはそうだろう。どちらかが村瀬茜を革紐で絞殺したのかもしれない。二人が共謀したとも考えられる」
「悪いのは村瀬茜のほうなんです。刑事さん、事件に星さんか五代さんが絡んでたとわかっても捕まえないでください。村瀬茜は救いようのない悪人だったんですから」
「きみの気持ちは個人的にはわかるよ。でも、被害者がどんなに罪深いことをしてても、人間なんだ。動機はどうあれ、人を殺したら、それ相応の償いをしなければならない。それが民主国家のルールだからね」
「そうなんですけど……」
「五代さんの連絡先も教えてくれないか」
野上は言った。佳那がスマートフォンの連絡先をスクロールしはじめた。野上は五代百合のスマートフォンの番号も手帳にメモした。
「いま星さんと五代さんは原宿の『マロニエ』というカフェでバイトをしてるらしいです

よ。お店は明治通りに面してて、『パレフランス』跡地の並びにあるそうです。夕方、そこに行ってみるよ。きみは、何か新しいバイトをしてるの?」
「近所のレストランで皿洗いのバイトをしています。時給は千円ちょっとなんですけど、もっともっと学費を稼がないといけませんので」
「大変だろうが、頑張って大学に入ってほしいな」
「はい、頑張ります」
「では、これで……」
「協力してくれて、ありがとう。もう帰っていいよ」
　野上は脚を組んで、セブンスターに火を点けた。常に携帯用灰皿を持ち歩いている。吸殻のポイ捨てはしないよう心掛けていた。
　佳那がベンチから立ち上がり、公園から出ていった。
　売春をしていた女子高生たちの話によると、村瀬茜は想像以上に強欲だったらしい。『フォーエバー』の赤字分を補うために違法ビジネスをはじめたわけだが、捨て身になれば、荒稼ぎできることを知ったのだろう。『女子高生お散歩クラブ』の登録メンバーを高級少女売春婦に仕立てることに少しも良心は疼かなかったのだろうか。

そうだったとすれば、まったく救いようがない。他人に恨まれて殺害されたのは、それこそ自業自得だろう。野上は法の番人でありながら、支援捜査を放棄したくなった。だが、そうはいかない。複雑な気持ちだ。

気を取り直して、隠れ捜査に励むことにした。野上は短くなった煙草を携帯用灰皿の中に突っ込み、軽く押し潰した。火は完全に消えただろう。

携帯用灰皿をコートのポケットに滑り込ませたとき、懐でスマートフォンが震えた。野上はスマートフォンを摑み出し、ディスプレイに目を落とした。電話は高梨沙也加からだった。

「車で移動中だったら、後で電話をかけ直すわ」

「公園で一服してたところだよ」

「そう。多々良圭の周辺の人たちにそれとなく探りを入れてみたの。茜にまとわりつかれて迷惑してたようだけど、別に殺意は感じてなかったようね」

「そうか」

「関東テレビの報道局社会部も多々良のことは調べてたわ。でも、誰かに茜を始末させた気配はうかがえなかったんで、じきに取材対象者から外されたようよ」

「ご苦労さん。そういうことなら、多々良圭はシロと判断してもいいだろう」

「謙さんのほうはどうだったの?」
「まだ有力な手がかりは得られてないんだ」
 野上は経過をかいつまんで話した。
「村瀬姉弟はずいぶん汚い手を使って、現役の女子高生に体を売らせるようになったのね。騙したり、不良ナイジェリア人に輪姦させたり、上客のために3Pの相手を務めさせるなんて暴力団も顔負けじゃないの。特に姉は冷血な悪女ね」
「こっちも、そう思ったよ」
「茜に利用された登録メンバーの誰かが耐えられなくなって、報復殺人に走っちゃったのかな」
「その疑いはあるが、少女買春をした富裕層の客の誰かが村瀬茜の口を封じたとも考えられる。渋谷署は客の男たちを誰も検挙してないから、警察庁のキャリアに外部から圧力がかかったんだろう」
「そうなんでしょうね。だったら、女子高生を買った男たちは安泰でしょ。高級少女売春クラブの真のオーナーである茜を始末する必要はないんじゃない?」
「死んだ女性社長は客の男たちの下半身スキャンダルを知ってたわけだから、その気になれば、いつでも強請れる」

「あっ、そうね」
「被害者は金銭欲が強かったみたいだから、リッチな客の何人かを脅迫して多額の口止め料をせびってたのかもしれないな」
「ちょっと待って。客の男たちは富裕層だから、たとえ一千万円程度のお金をせびられても、痛くも痒くもないでしょ？」
「際限なく強請られたら、資産家だってたまらないだろう。そんなことで、犯罪のプロに茜を殺らせたとも考えられるじゃないか」
「ああ、そうね。それから、売春をしてた女の子たちの親兄弟が村瀬茜を殺害したとも推測できるわ」
沙也加が言った。
「そういう筋の読み方も可能だろうな。自分の娘が金持ち相手に体を売ってたことが世間に知れたら、一族の恥になる。血縁者は職場に居づらくなって、転居もしなければならなくなるかもしれない」
「でしょうね。星さくらって子の父は牧師で、五代百合の父親は裁判官だという話だわ」
「老沼佳那が嘘をついたとは考えにくいから、そうなんだろうね」

「牧師か判事が自分の一族の名誉を守るため、誰かに『女子高生お散歩クラブ』の真の経営者を片づけさせたとも疑えそうね」
「そうなんだろうか。もっと捜査を進めれば、何かが透けてくるだろう」
「わたしに手伝えることがあったら、いつでも声をかけてね」
「ああ。その節はよろしく!」
 野上は通話を切り上げ、ベンチから立ち上がった。

第三章 不自然な摘発

1

 嵌め殺しのガラス窓から店内を覗く。
 満席だった。原宿の『マロニエ』だ。午後五時を回っていた。
 野上は踵を返した。星さくらと五代百合のアルバイト先を訪れたのである。
 プリウスは脇道に駐めてあった。店が空いたころを見計って、二人の女子高生に会うことにした。野上は専用覆面パトカーの運転席に坐ると、捜査資料のファイルを開いた。
 ずっと引っかかっていたことがあった。渋谷署生活安全課は『女子高生お散歩クラブ』を摘発した際、登録女子高生のリストと顧客名簿を押収した。体を売っていた少女たちは全員、本名で登録されていた。しかし、買春した者はすべて偽名を使っている。当然とい

えば、当然だろう。
　高級少女売春クラブの表向きの経営者の村瀬雅也は売春斡旋の事実を認めて、書類送検された。児童買春・児童ポルノ禁止法及び労働基準法違反にもかかわらず、なんと起訴は免れた。通常では考えられないことではないだろうか。
　それだけではない。児童買春・児童ポルノ禁止法に触れた中高年男性が誰も検挙されていないのは、あまりにも不自然だ。
　警察に圧力がかかったのではないかと疑いたくなる。老沼佳那の証言によると、五代百合の父親は東京高等裁判所の判事だ。その裁判官が娘のスキャンダルが露見することを恐れ、警察官僚の誰かに頼んで犯罪事実をぼかしてもらったのか。
　あるいは、買春した有力者が裏で動いたのだろうか。どちらにしても、すっきりとしない。
　野上はファイルを閉じると、上司の城戸生活安全課長のポリスモードを鳴らした。ツーコールで、電話は繋がった。
「野上です。周りに部下がいます？」
「いや、みんな、出払ってるよ。いったい何だね。署長の特捜指令にもう片をつけたのかな」

「残念ながら、それほど優秀じゃありませんよ。去年の初冬に宇田川町の『女子高生お散歩クラブ』にガサかけたのは庄司主任たち五人でしたよね？」

「ああ、庄司学警部補に現場で指揮を執らせたんだ。しかし、買春の客たちは揃って偽名を使ってたんで、身許の割り出しができなかった。ただ、オーナーの村瀬雅也は売春の斡旋をしてたことを素直に認めた。で、書類送検したんだよ」

「女子高生を買った男たちの割り出しができなかったというのは、いかにも不自然でしょう？　どこから圧力がかかったんじゃないんですか。どうなんです？」

「おい、わたしや庄司を腰抜け扱いする気かっ。署長に目をかけられてるからって、いい気になるな！」

城戸が声を尖らせた。

「圧力はなかったんですね？」

「もちろん、なかった」

「十代の少女たちを抱いたのは、社会的に成功した男たちだとわかってるんです。村瀬雅也はそう供述してると調書に記述されていましたし、プレイ代も高かった。買春した客の中に国家権力に結びついてる有力者がいたとも考えられるでしょ？」

「そうした大物たちは、もっと上手に女遊びをしてるだろう」

「政治家や高級官僚の中にロリコン趣味のある男がいないとは限りませんよ」
「それは屁理屈だ。捜査機関が超大物たちの圧力に屈したことが一度もなかったとは言わないよ。しかし、たかが買春じゃないか。そんなことで、実力者が警察に圧力をかけてくるわけないだろうが！」
「いや、そうは言い切れないでしょう。未成年の娘を金で弄んだとなったら、それはスキャンダル醜聞ですからね。命取りになりかねません」

野上は反論した。
「考えすぎだよ。とにかく、外部から署長やわたしに圧力がかかったことはない。わたしの言葉が信じられないんだったら、神谷署長に直に確かめてくれ」
「そこまでする気はありません。ですが、手入れをしておきながら、捜査が甘かったと思えるんですよ」
「被疑者たちを特定できなかったんだ。登録メンバーたちを補導して鑑別所送りにもできないだろうが！ だから、村瀬雅也しか書類送検しなかったんだよ。村瀬の姉の茜は、自分はJKリフレを副業にしてただけで、弟に売春の斡旋をさせた覚えはないと言い張ってた。庄司はできることはやったはずだ。摘発に加わってなかった者がケチをつけるんじゃない」

「課長を怒らせるつもりはなかったんですが、物言いが失礼だったかもしれません。その点は反省しています。すみませんでした」
「ま、いいさ。それより、渋谷署管内で聞き込みをするときは変装したほうがいいな。生安課の同僚に何度も見られたら、病欠が嘘だってバレるだろうからな」
 城戸課長が電話を切った。
 もう少し慎重になるべきだったのかもしれない。野上は自分を戒めながら、次に検察事務官の岩佐智史に電話をかけた。待つほどもなく、通話可能になった。
「どうも先輩！　早くも出番がきたようですね」
「近くにコンビを組んでる検事はいないみたいだな。ちょっと訊きたいことがあるんだ。東京高等裁判所に五代という姓の判事がいるか？」
「いますよ。五代功、五十三歳です。昔から検察官と裁判官は馴れ合ってる部分がある んですが、五代さんは孤高の判事なんですよ。検察寄りの裁判官が多いんですが、あくまで是々非々主義を貫いています」
「立派じゃないか。検察は有罪率九九・九八パーセントを誇る日本最強の捜査機関だが、常に起訴事実通りだったかどうかは怪しい。岩佐には厭味に聞こえるだろうがな」
「いいえ、先輩が言う通りです。多くの検事はプライドが高いので、起訴した事案は何が

なんでも有罪に持ち込もうと考えています」
「そうだろうな。しかし、先進国で有罪判決が九割に達するところなんかない」
「ええ、その通りですよね。裁判官は検察の迫力に圧され気味で、求刑の二割程度減の判決を下すケースが多いんですよ」
「そうみたいだな」
「ですが、五代判事はどんなときも、検察側と弁護側を公正に扱っています。検察側に遠慮することはないですし、弁護側に有利になるような解釈もしません」
「ということは、冤罪の疑いがあると判断すれば、検察側の論告を退けるわけだな?」
「ええ、そうです。逆に被告側の上告も認めません」
「五代判事は、検事と弁護士の双方から煙たがられてるんだろうな?」
「多分、そうでしょうね。個人的なつき合いはありませんが、典型的な堅物ですね。自分はもちろん、身内も厳しく律してるそうです」
「酒を酌み交わしたくなるようなタイプじゃないな」
「ま、そうですね」
「その五代の娘が売春をアルバイトにしてたかもしれないんだよ」
　野上は詳しいことを話した。岩佐が極秘の支援捜査内容を口外する心配はなかった。そ

れでも、やはり野上は後ろめたかった。できることなら、沙也加や岩佐に協力してもらうことは避けたい。しかし、単独捜査では時間がかかる。それで、やむなく信用できる二人の力を借りているわけだ。
「先輩は、五代判事が娘のいかがわしいバイトが世間に知れることを恐れて……」
「村瀬茜を絞殺した疑いはゼロじゃないだろうな」
「ええ、そうですがね。裁判官の娘の高校生が高級少女売春クラブに所属してたことが発覚したら、五代一家の将来は真っ暗になるでしょう。父親は法曹界を去らなければならなくなると思います」
「だろうな。弁護士になっても、依頼人は多くないにちがいない。娘の百合も退学させられ、母親や兄弟も隠れるように暮らしていかなければならなくなるんじゃないのか」
「ええ、そうなると思います。ですが、五代判事は正義が服を着てるような方です。一族の名誉を守りたいからって、凶行に及んだりはしないでしょう」
岩佐が異論を唱えた。
「どんなに四角四面の人間でも家族がいれば、人間らしい情愛は持ってるにちがいない。妻子に辛い人生を歩ませたくないだろうし、一家の名誉も汚したくないだろう」
「そうでしょうが、裁判官がそこまで短絡的な行動には走らない気がします。それに村瀬

「茜を永久に眠らせただけでは、一家の名誉は守れません」
「五代功は茜の弟はもちろん、売春ビジネスに携わってた者を皆殺しにする気でいるのかもしれないぞ。自分の娘以外は、ひとり残らず殺し屋に始末させる気でいるんじゃないだろうか」
「先輩、それは考えられないでしょう。娘のスキャンダルを闇に葬るには少なくとも、百数十人を片づけないといけないわけですから」
「そうか、そうだな。岩佐が言った通りだね。売春してた娘の父親が牧師というケースもあるんだが……」
「その牧師が『フォーエバー』の美人社長を始末したとは考えにくいと思います」
「村瀬茜は、ほかの違法ビジネスをして甘い汁を吸ってたんだろうか」
「管理売春よりも荒稼ぎできるのは、麻薬密売でしょうね」
「堅気（かたぎ）が麻薬ビジネスなんかやれないと思うよ」
「おそらくね。殺された女社長は買春したリッチな男たちを強請（ゆす）ってたんでしょうか」
「こっちも、それは考えたよ。客は金を持ってる連中と思われる。しかし、渋谷署の生安課は買春客の身許を割り出せなかった。女子高生を抱いた奴らは偽名を使ってたんでな」
「そうなんですが、指名された女の子たちは客の指定したホテルや秘密のマンションに行

ってたわけでしょ？　仮に女の子たちがシラを切ったとしても、車で送迎した奴はその場所を覚えてるはずですよ」

「捜査資料によると、女の子たちは客の指定した場所にひとりで行ってたようなんだ」

「だったら、体を売ってる女子高生たちに当たれば、客の身許は割れるでしょ？」

「客が特定できないということで、生安課の摘発チームは売春してた少女たちを取り調べてないようなんだ」

「先輩、それはおかしいですよ。表向きのオーナーの村瀬雅也は売春の斡旋をしたと認めたから、書類送検されたんですよね」

「そうなんだがな。捜査の仕方が自然じゃないんで、こっちは警察に圧力がかかったんではないかと睨（にら）んだんだよ。それで、生安課の課長に探りを入れてみたんだ」

野上は詳しい話をした。

「先輩、渋谷署の署長に有力者から圧力がかかったんじゃないんですか。それで、『女子高生お散歩クラブ』の捜査を早めに切り上げろと言われたんでしょ。その人物が買春してないとしたら、親しい奴が女子高生と遊んでたんじゃないかな」

「岩佐も、そう思ったか。しかし、神谷署長は気骨（きこつ）がある。外部からの圧（アツ）力（アツ）に屈するような人間じゃない」

「署長が筋を通す方だとしても、階級社会の一員なんです。大物政治家や警察庁の偉いさんの頼みや指示を完全に無視することはできないでしょう?」
「そうだろうな」
「自分、神谷署長の動きを探ってみますよ」
「恩義のある署長を疑いたくないが、そっちにちょっと動いてもらおうか」
「わかりました。ついでに、五代判事のことも少し調べてみます」
「岩佐、無理するなよ。自分の職務を優先してくれよな」
「職務はちゃんとこなしますよ。何かわかったら、すぐ報告します」
岩佐が電話を切った。野上は私物のスマートフォンを懐に仕舞うと、背凭(せもた)れに上体を預けた。
村瀬茜を亡き者にしたのは、いったい誰なのか。わがままで欲の深かった被害者を快く思っていなかった人間は少なくないはずだ。
捜査本部が怪しんだ和久滋、木滑春馬、篠誠は本当にシロだったのだろうか。判断ミスがあったのではないか。野上は少し不安になってきた。
自分の心証では、いずれも捜査本部事件には絡んでいないと思える。これまでの経緯で、そう確信した。そうなると、なかなか容疑者の顔が透けてこない。

「今回の事件は、予想外にてこずるかもしれないな」

野上は声に出して呟つぶやき、煙草をくわえた。何度か喫いつけたとき、刑事用携帯電話に着信音があった。

野上は急いで煙草の火を消し、ポリスモードを摑み出した。発信者は上司の城戸課長だった。

「きみに謝まらなければならない」

「どういうことでしょう？」

野上は問いかけた。

「きみが口にしてたことが気になったんで、聞き込みに回ってる主任の庄司に電話をかけたんだよ。庄司の奴、初めは空とぼけてたが、外部から圧力がかかったことを白状した」

「どこの誰から圧力がかかったんです？」

「警察庁の糸居保審議官いといたもつから、ダイレクトに庄司主任に電話がかかってきたそうだ」

「審議官は警察官僚キャリアでしょ？職階は警視監でしょ？」

「そうだ。次長や局長と同格の審議官からダイレクトに電話があったんで、庄司はすっかりアガってしまったそうだよ」

「そうでしょうね。その電話があったのは、いつだったんです？」

「『女子高生お散歩クラブ』にガサかけて間もなくだったそうだ。糸居審議官は従弟の公認会計士が買春したんで、捜査を手加減してほしいと言ったらしい。キャリアに恩を売っといて損はないと考えて、独断で村瀬雅也だけを書類送検し、早々に幕を引くことにしたんだそうだ。買春してた客たちは偽名を使ってるんで、身許の割り出しは困難だとわたしに報告してきた。そういうことだから、深追いしても時間の無駄になるだろうと判断したんで……」

「課長は、庄司主任の提案を呑んだわけですか」

「わたしが軽率だったんだ。庄司は警察庁の審議官だったアツ力がかかったと知ってたら、神谷署長にすぐに報告し、一緒にキャリアの横暴な圧力を排除してたさ」

「庄司主任が独断でやったことは、署長に伝えたんですか?」

「ああ、報告したよ。署長が警察庁の首席監察官に連絡して、糸居審議官のことは、おくびにも出さなかったんだよ。そんな圧力がかかったと知ってたら、神谷署長にすぐに報告し、一緒にキャリアの横暴な圧力を排除してたさ」

「庄司主任が独断でやったことは、署長に伝えたんですか?」

「ああ、報告したよ。署長が警察庁の首席監察官に連絡して、糸居審議官が本当に庄司に電話をしたかどうか確認してもらってるはずだ。とにかく、きみにきつい言い方をしたことを詫びるよ。申し訳なかった。庄司は反省して依願退職すると言ってるから、あいつの不始末を見逃してやってくれないか。懲戒免職になったら、退職金を貰えなくなるからさ。庄司は四人も子供がいるんだよ。情けをかけてやってくれないか。頼むよ」

城戸課長が通話終了アイコンをタップした。ほとんど同時に、神谷署長から電話があった。

「城戸課長から庄司主任のことは聞いたね」

「ええ、少し前に」

「庄司は偽電話に引っかかってしまったんだ。糸居審議官は庄司に電話なんかしてないという回答だったよ。それから、糸居さんには従弟はひとりもいないそうだ。従妹は四人いるらしいがね」

「庄司主任は偽電話を真に受けて、捜査を早々と切り上げてしまったのか」

「そういうことになるが、買春していた男たちは偽名で通してたから、身許の洗い出しは難しかっただろう。城戸課長の監督不行き届きは否めないね。しかし、部下を信用してたんだろうから、責任を取らせる必要はないだろう。庄司には依願退職してもらうつもりだ」

「そのへんのご判断は、署長にお任せします。どうやら買春してた男の誰かが糸居審議官の名を騙って、高級少女売春クラブの捜査を打ち切らせたのでしょう。そうでないとしたら、村瀬姉弟のどちらかが知り合いに偽電話をかけさせたんだと思います」

「そうなんだろうね。いろいろ錯綜してるが、単独捜査を続行してくれないか」

「了解です」
　野上は電話を切ると、私物のスマートフォンで岩佐に連絡をした。電話は、じきに繋がった。手短に経過を話す。
「そういうことなら、五代判事の動きを探ってみます」
　岩佐が通話を切り上げた。
　野上はスマートフォンを懐に収め、プリウスを降りた。明治通りに出て、『マロニエ』を覗く。客の数は少し減っていた。
　野上は店内に入り、四十年配の店長に刑事であることを明かした。そして、アルバイトをしている二人の女子高生がある事件を目撃している可能性があるともっともらしく言って、協力を求めた。
　店長は快諾し、野上を従業員休憩室に案内した。
「星さんと五代さんを一緒に呼んだほうがよろしいんでしょうか？」
「別々のほうがいいですね。先に五代百合さんを呼んでいただけます？」
　野上は店長に頼んだ。店長がうなずき、休憩室から出ていった。野上はテーブルの向こう側の椅子に腰かけた。
　数分待つと、五代百合がやってきた。大柄で大人っぽく見える。百合がおどおどしなが

ら、正面に坐った。

「『女子高生お散歩クラブ』のアルバイトの件で検挙しに来たんじゃないんだ。きみと星さくらさんは、村瀬茜にひどいことをされたようだね」

「えっ、なんでそのことを……」

「そんなことで、村瀬茜を憎んでたんだろうな。殺してやりたいと思ってたかもしれないな」

「憎んでましたけど、わたしたちはどちらも彼女を殺してなんかいませんよ」

「きみのお父さんは裁判官の五代功さんだね?」

「えっ、そんなことまで調べたの!? ということは、わたし、疑われてるんですか!?」

「参考までにアリバイを……」

「事件当夜は、星さんと一緒に青山の『R』というダンスクラブで踊っていました。すぐ調べてください」

「一応、アリバイは調べさせてもらうよ。お父さんは厳格らしいね。きみの進路まで自分で決めたがったようだな。親の干渉を避けたくて、アメリカへの留学費用を工面する目的で違法なアルバイトをしてた。そういうことなんだね?」

「ええ、そうです」

「そのことには目をつぶるから、正直に答えてくれないか。お父さんは、きみが危険なバイトをしてたことに気づいてたのかな」
「知らないと思います。バレてたら、わたしはその時点で殺されてたでしょう。父は堅物で、世間の目を気にするタイプですので」
「そう。もういいよ。星さくらさんと替わってくれないか」
 野上は言った。百合が拍子抜けした顔で立ち上がり、従業員休憩室から出ていった。待つほどもなく、星さくらがやってきた。
「お父さんは牧師なんだってね？ タトゥーを親に内緒で入れたんで、勘当されちゃったらしいじゃないか。それで母方の伯母さん家で世話になってるんだって？」
「はい、そうです。伯母に金銭的な負担をかけたくなかったので、違法なバイトをやってたんですよ。村瀬姉弟は大嫌いだったけど、わたし、人殺しなんかしてないわ。アリバイもあります」
「それは、さっき五代さんから聞いたよ。牧師のお父さんが村瀬姉弟のあくどさを知ったら、理性を失っちゃうかもしれないな」
「父が村瀬茜を殺したんじゃないかと疑ってるの!? わたしの父親は牧師なんですよ。そんなことするわけありません」

「そう思いたいが……」

「刑事さん、手入れを受ける前にわたしをホテルに呼んだ五十代前半の男は、百合ちゃんのお父さんと同姓同名だったんですよ」

「なんだって!?」

「たまたま同姓同名だと思ったんだけど、裁判官だと言ってたんで、びっくりしちゃったんです。それで、百合ちゃんにお父さんの体型をそれとなく教えてもらったんですよ。細身だというから、まったくの別人でしょうね。わたしを抱いた男は小太りだったの。そいつは何か理由があって、百合ちゃんのお父さんを陥れる目的で、氏名と職業を偽ったんじゃないのかしら」

「その疑いはあるかもしれないな。その客が村瀬茜を殺害して、五代百合さんの父親の犯行と思わせたとも考えられるな」

「ちょっと調べてみてください」

「わかった。もう仕事に戻ってもかまわないよ」

野上はさくらに笑顔を向け、ドアを手で示した。

2

店の外に出たときだった。
野上の懐で刑事用携帯電話が鳴った。暗がりに走り入り、ポリスモードを取り出す。発信者は伏見刑事課長だった。
「お待たせしました」
「生安課の庄司が受けた偽電話のことは、署長から聞いたよ。警察庁の審議官と騙った相手にまんまと引っかかるとは、お粗末すぎるな。庄司は子だくさんだから、少しでも早く昇任試験に合格して俸給額をアップしたかったんだろう」
「そうなんですかね。点数を稼ぐチャンスだと思ったことは間違いないでしょうが、そこまで考えていたかどうかは……」
「庄司のことはともかく、捜査本部は売春してた五代百合の父親を捜査対象者にしたよ」
「東京高等裁判所の五代功判事をマークしはじめたんですか」
「そうなんだ。本庁の捜査班は、五代判事が娘の百合をちょくちょく尾行してたことを調べ上げたんだよ」

「そうなんですか」

「五代は変装して、娘の行動を探ってたにちがいない」

「そうなんですかね」

「判事がよく娘を尾けてたんなら、いかがわしいアルバイトをしてたことも知ったと思われるね。そして、娘の百合が村瀬姉弟に体を売ることを強いられたんではないかと考えたのではないか。担当管理官はそう推測して、捜査班に五代功をマークさせたんだ。管理官は、五代判事が一月十四日の事件に絡んでると読んだんだろう」

「担当管理官は、百合の父親が村瀬茜を殺害した疑いが濃いと思ってるんでしょうね」

「多分、そうなんだろうな。裁判官の娘が体を売ってたのは自分の意思からではなく、村瀬茜に何らかの弱みを押さえられたからにちがいないと推測したんじゃないか。それで、五代功は自分たち一家の将来を閉ざした女社長を抹殺する気になったのかもしれない。きみは、担当管理官の筋読みをどう思う?」

「こっちも最初は、東京高等裁判所の判事が被害者を絞殺した疑いもありそうだと考えていました。ですが、何者かが五代功に濡衣(ぬれぎぬ)を着せようと企んでる気配があるようなんで……」

野上は、星さくらから聞いた話をした。

「さくらという娘を買った五十年配の小太りの男が情事の場で自分の氏名を洩らしたのは、なんだか作為的だね」

「そうなんですよ。星さくらも何かおかしいと感じたんで、五代百合に父親の容姿について訊ねたんでしょう。当人は細身らしいから、星さくらを指名したのは別人だと判断したわけです」

「その小太りの男は何か五代功に個人的な恨みがあって、殺人犯に仕立てようとしたんじゃないだろうか」

「その男自身か縁者が、裁判で予想以上の重い判決を裁判長の五代功から下されたのかもしれませんね。たとえば、検察側の求刑よりも重かったとか、控訴を棄却されたとか」

「そうなのかもしれないな。そんなことで、小太りの男は五代功を逆恨みするようになった。そう筋を読むことはできるな」

「ええ」

「そうだとすれば、五代判事は捜査本部事件ではシロなんだろう」

「東京地検で大学の後輩が検察事務官をやっていますので、その彼に五代功担当の裁判の公判記録を集めてもらいます。重い有罪判決を下された被告人を割り出せると思います」

「そうしてくれるか。判決を不満に思った被告人か、その縁者が村瀬茜と何かで揉めて、

野上は、ポリスモードを懐に戻した。そのとき、『マロニエ』の隣の輸入雑貨店の前にブルーのカローラが停まった。ナンバープレートの数字の上に〝わ〟が冠されている。レンタカーだ。

カローラの運転席から、若い男が降りた。

野上は目を凝らした。男は須賀敬太だった。

『女子高生お散歩クラブ』の店長を務めていた須賀は『マロニエ』の店内を覗き込むと、すぐにレンタカーの中に戻った。星さくらと五代百合がアルバイトをしているかどうかを確かめたのではないか。

カローラは走りだそうとしない。しばらくカフェの斜め前で張り込む気なのだろう。

野上は自然な足取りで脇道に入り、プリウスに乗り込んだ。

車を明治通りに移動させ、手早くライトを消す。レンタカーの数十メートル前である。

長い時間が流れた。

「捜査本部の動きは、ちょくちょく伝えるようにするよ」

「そうですね」

伏見がそう言い、電話を切った。

五代功に殺人の罪を被せようとしたのかもしれないからな」

須賀は車の中から、ずっと『マロニエ』の出入口を注視している。どうやら星さくらと五代百合を監視しているようだ。

売春をしていた女子高生は百人以上もいた。さくらと百合の二人の動きを気にするのは、なぜなのか。

野上は考えを巡らせた。『マロニエ』でアルバイトをしている二人は、村瀬姉弟に３Ｐの相手を強要された。その仕返しとして、さくらと百合は高級少女売春クラブの実態を匿名（めい）でマスコミに密告する気でいるのかもしれない。

そんなことをされたら、『女子高生お散歩クラブ』の店長だった須賀は窮地に追い込まれる。摘発のときは、合法的なデリバリーを指示されただけだと主張し、刑罰は免れていた。

しかし、本当は売春の斡旋をしていたことを知っていたとなれば、須賀も村瀬雅也同様に児童買春・児童ポルノ禁止法及び労働基準法違反の被疑者になる。書類送検されることは間違いない。

須賀は、それを恐れているのだろうか。

さくらと百合が私服でアルバイト先から出てきたのは、午後十時過ぎだった。二人は表（おもて）参道（さんどう）をたどって、ＪＲ原宿駅に向かった。

須賀がレンタカーで二人を追尾しはじめる。野上は少し間を取ってから、青いカローラを追った。

さくらたちは有名なパンケーキの店に立ち寄った。だが、すでに営業時間は終わっていた。二人は残念そうな表情で原宿駅に向かって歩きだした。

須賀はさくらたちが原宿駅の改札を抜けるのを見届けると、レンタカーを恵比寿方向に走らせた。野上はプリウスで、須賀の車を尾けつづけた。

やがて、レンタカーは恵比寿駅の近くにある洒落た深夜レストランの専用駐車場に入った。野上は、レストランの斜め前の路上に専用覆面パトカーを停めた。車内で煙草を一本喫ってから、濃い色のサングラスをかけて車から降りる。

野上はレストランのドアを押した。

人と待ち合わせをしているような振りをして、素早く店内を見回す。須賀は奥の席で、村瀬雅也と向かい合っていた。何か密談している様子だ。

野上はオーバーに首を傾げ、レストランを出た。大股でプリウスに戻る。

須賀は村瀬に頼まれて、星さくらと五代百合を監視していたのか。二人の女子高生が『女子高生お散歩クラブ』の実態をマスコミにリークする恐れがあるからではなく、何か別のことで村瀬に警戒されていたのかもしれない。

さくらと百合は、何をしようとしているのか。『マロニエ』でアルバイトをしていても、たいして稼げない。二人は体を売っていたとき、買春の客をこっそり尾行して身許を割り出していたのだろうか。そして、相手を強請っていなかったのか。

だとすれば、時給の安いアルバイトをする必要はないだろう。野上は一瞬、そう思った。

二人が『マロニエ』でアルバイトをしているのは悪事を糊塗するためなのか。そうなら、疑わしい。

村瀬雅也は須賀を使って、さくらと百合が買春した客を恐喝している証拠を押さえようとしているのか。さくらたちが恐喝を重ねていたら、当然、少女たちを買った客は村瀬にクレームをつけるだろう。

買春した男たちを怒らせたら、村瀬は自分が殺されるかもしれないと怯えたのか。考えられないことではない。

野上はスマートフォンが震動した。

懐で私物のスマートフォンを摑み出した。発信者は岩佐検察事務官だった。

「判決に不満だった被告人か親族が五代判事に逆恨みして、殺人犯に仕立てようとした疑いもありそうですね。明日、公判記録を揃えて先輩に渡しますよ」

「無理を言って悪いな」

「どうってことありませんよ。星さくらに五代功と名乗った小太りの五十男は割り出せる気がします」

通話が終わった。

野上はスマートフォンを所定のポケットに戻し、セブンスターをくわえた。一服して、そのまま張り込みを続行する。須賀がレストランから出てきたのは十一時十分ごろだった。村瀬と一緒ではなかった。

須賀はレンタカーに乗り込むと、すぐ発進させた。カローラをレンタカー会社の営業所に返しに行くのか。それとも、何日間か借りることになっているのだろうか。後者だとしたら、代々木上原の自宅マンションに戻るのかもしれない。

野上はそう思いながら、プリウスを走らせはじめた。

須賀の車は広尾を抜けて、六本木方面に走っている。自分の塒とは方向が違う。

野上は細心の注意を払いながら、レンタカーを追跡した。カローラは二十分ほど走り、鳥居坂から一本奥に入った八階建てのマンションの脇に停まった。すぐにライトが消された。

野上は、プリウスをレンタカーの数十メートル後方のガードレールに寄せた。ライトを消し、エンジンも切る。

なぜか須賀はカローラから降りない。午前零時が迫ったころ、マンションのアプローチから見覚えのある男が現われた。ブラックジャーナリストの篠誠だった。篠の愛人がマンションに住んでいるのか。須賀は依然として、レンタカーの運転席に坐ったままだ。

篠はウールコートの襟を立て、両手をポケットに突っ込んだまま歩きだした。カローラが動きはじめた。ライトは灯されていない。篠は鳥居坂に向かうようだ。六本木五丁目交差点まで遠くない。外苑東通りに出れば、いくらでもタクシーは拾える。

野上はスモールランプだけを点け、プリウスを徐行運転しはじめた。

そのすぐ後、レンタカーが急に加速した。無灯火のままだ。どうやら須賀は、レンタカーで篠誠を轢き殺す気でいるらしい。村瀬に頼まれたと思われる。

篠が背後のエンジン音に驚き、足を止めた。ウールコートのポケットから両手を抜いた瞬間、カローラのヘッドライトが短く点滅した。

篠は額に小手を翳し、棒立ち状態になった。レンタカーのエンジン音が高くなる。ブラックジャーナリストは道端にいったん寄って、建物の外壁にへばりついた。カローラが夜道を疾駆しはじめる。

カローラが急発進した。篠がS字に走りながら、後方を振り返る。カローラは執拗に篠を撥ねようと蛇行しつづけた。

篠が脚を縺れさせて、路上に前のめりに倒れた。カローラが加速する。レンタカーはそのまま裏通りを七、八十メートル走り、右折して鳥居坂に向かった。

野上はプリウスを篠の近くに停め、運転席を離れた。篠は道端に倒れたまま、肩で呼吸している。

「どこか傷めたのか?」

野上はブラックジャーナリストに声をかけた。篠が唸りながら、上体を起こした。

「あっ、おたくは!?」

「危うく轢き殺されるとこだったな」

「カローラを運転してたのは、誰だったんだ? 暗くて男の顔はよく見えなかったんだよ」

「ドライバーに心当たりがあるはずだ。こっちも強請で喰ってるんで、よく命を狙われるんだよ」

「思い当たる奴はいない」

「なら、教えてやるか。『女子高生お散歩クラブ』の店長をやってた須賀敬太だよ」
「そいつが、なんでおれを轢き殺そうとしたんだ!?　動機がわからないな」
「あんた、少女買春をしてたリッチな男たちの身許を割り出して、口止め料をせしめてたんじゃないか。立てよ」
野上は促した。篠が左肘を庇いながら、のろのろと立ち上がる。
「倒れたとき、肘を強く打ったようだな」
「そうだよ。それはそうと、おれは絶対に村瀬茜は誰にも始末させてない。あの女は、いつも上手に商談をまとめてくれてたんで、まだまだ利用価値があった。そんな相棒を消すわけないじゃないか。分け前を四割から五割にしてやっても、いいパートナーと思ってたからな」
「女性社長殺しでは、シロなんだろう。だが、そっちは村瀬姉弟に恨まれるようなことを陰でやってたんじゃないのか」
「何をしてたと言うんだ?」
「女子高生を買ってた富裕層の男たちをこっそり強請ってたんじゃないか、え?　茜はそのことに気づいてたのかもしれないが、打算や思惑があって黙認してたとも考えられるな」
「だが、茜の弟は面白くなかっただろう」

「それは未確認だが、そう考えてもいいだろうな。命を狙われた理由については、察しがつくだろうが?」
「わからないよ、わからない」
「そうか。そっちが出てきたマンションには、愛人が住んでるんだろう?」
「おれが世話してる元クラブホステスにおかしなことをしたら、黙っちゃいないぞ」
「女性に妙なことはしないよ。また命を狙われるかもしれないから、気をつけるんだな」
 野上は言い置き、プリウスに駆け寄った。運転席に乗り込み、代々木上原に向かう。須賀の住むワンルームマンションに着いたのは、およそ三十分後だった。ワンルームマンションの隣家のブロック塀には、見覚えのあるカローラが寄せてあった。須賀は帰宅しているようだ。
 野上はプリウスを路上に駐め、ワンルームマンションの敷地に入った。二階に上がり、須賀の部屋のインターフォンを鳴らす。
 ややあって、部屋の主の声がスピーカーから流れてきた。
「どなた?」
「夜更けに済みません! 上の三〇五号室を借りてる者です。うっかり花瓶を倒してしま

って、水を床に零しちゃったんですよ。ご迷惑をかけました」

野上は声色を使った。

「別に天井から水は洩れてないな」

「そうですか。よかった。お詫びのしるしに、菓子折を受け取ってもらえませんか」

「いいのに、詫びなんて」

「でも、こちらの気が済みませんので……」

「わかりました。いま、ドアを開けます」

須賀の声が熄んだ。野上はドアの横に移った。

内錠が外され二〇五号室のドアが開けられる。野上は室内に躍り込んだ。

「あっ、あなたは」

「原宿の『マロニエ』でバイトをしてる星さくらと五代百合をなぜ監視してたんだ?」

「おれ、そんなことしてませんよ」

「空とぼけても意味ないぞ。そっちがカフェの斜め前で何時間も張り込んで、さくらと百合が原宿駅の改札を通るのを見届けたこともわかってるんだよ」

「えっ!?」

須賀がうろたえた。

「その後、そっちは恵比寿の深夜レストランで村瀬雅也と会った。それからレンタカーで鳥居坂に回って、八階建てのマンションから出てきたブラックジャーナリストの篠誠を無灯火の青いカローラで轢き殺そうとした。そうだなっ」
「おれ、篠を轢き殺す気なんかなかったんだ。村瀬さんに頼まれて、ちょっと篠をビビらせただけなんですよ。篠は、村瀬さんの姉さんに払うと約束した金をなんだかんだと言って、三千万円も未払いらしいんだ。村瀬さんが幾度せっついても、払おうとしないみたいなんですよ。それで、頭にきた村瀬さんはおれに三十万円やるから、篠に命を狙われてると思わせてくれって言ったんだ」
「支払いの三千万円というのは、企業恐喝の分け前だな」
野上は確かめた。
「そうだと言ってたよ」
「さくらと百合の動きを探ってたのも、村瀬さんに頼まれたからなのか?」
「そうだ。いえ、そうなんです。村瀬さんは百合たち二人が、そのうち警察かマスコミ関係者に喋るかもしれないと思ってるみたいなんだ。偽名を使って月に二、三回、女子高生を買ってた客の中には闇社会と深い繋がりのある人物もいるから、村瀬さんは消されてしまうかもしれないとビクビクしてる」

「それだけの理由で、村瀬はびくついてるんじゃない気がするな。『女子高生お散歩クラブ』の表向きの経営者は、買春してた客の致命的な弱みを恐喝材料にして途方もない口止め料を姉と一緒に要求してたんじゃないのか。え?」
「致命的な弱みって、具体的にはどういうことなのかな」
 須賀が呟くように言った。
「たとえば、客の男がプレイ中にベッドパートナーの少女を死なせてしまったとかだな。焦った男は知り合いをホテルか秘密のマンションに呼んで、死体を遺棄してもらったのかもしれない」
「登録メンバーの中に死んだ娘なんていないな」
「なら、客の誰かが強引にナマでセックスして相手の娘を未婚の母にしたのかもしれない。社会的地位のある男がそんなことをしたら、大変なスキャンダルになる。多額の口止め料をぶったくれるだろう」
「妊娠した娘もいないっすよ」
「そうか。おれのことを村瀬雅也に話したら、そっちは殺人未遂で逮捕されることになるぞ。そのことを忘れるな」
 野上は須賀を威し、部屋の外に出た。

3

 新橋にあるレンタルルームだ。どうやら隣室では、真昼の情事がはじまったらしい。野上は苦く笑って、セブンスターに火を点けた。禁煙にはなっていない。須賀敬太を問い詰めた翌日の午後二時過ぎである。野上は検察事務官の岩佐を待っていた。
 五代功が裁判長を務めた裁判の公判記録の写しを持ってきてもらうことになっていた。被告人の中に五代功になりすまして十代の少女を買った者がいる気がする。刑事の勘だった。
 仕切り壁の向こうから、女性の喘ぎ声が洩れてきた。
 隣室のカップルが烈しく唇を吸い合い、体をまさぐり合う気配が伝わってきた。女性の喘ぎ声は、なまめかしい呻きに変わった。
 男も息を弾ませ、時々、唸った。声から察して、中年だろう。女性の声は若々しい。上司と部下の不倫カップルが別々に職場を脱け出し、レンタルルームの一室で求め合っているのか。
「すごい濡れ方だな」

「課長の指の使い方が上手だからよ。奥さんにも同じことをしてるんでしょ?」
「してない、してない。もう二年近くセックスレスなんだ」
「嘘ばっかり!」
「本当だよ。もう待てない。くわえてくれないか」
「わっ、露骨!」
　女性が嬌声をあげ、男から離れた。気配でわかった。男は口唇愛撫を受けながら、何度か切なげな声を零した。それから彼は不倫相手をソファに横たわらせ、秘めやかな部分を唇と舌で慈しみはじめた。音で察することができた。
「まいったな」
　野上はにやつき、短くなった煙草の火を消した。
　隣のブースにいる男女は、ほどなく体を繋いだ。体位まではわからなかったが、ソファがリズミカルに軋みはじめた。どちらも息遣いが荒い。
　ちょうど二人が昇りつめる寸前、岩佐がブースに入ってきた。野上は無言で隣のブースを指さした。
　岩佐が目を丸くして、野上の正面のソファに腰かけた。その直後、女性が先に沸点に達した。憚りのない声を迸らせ、不倫相手の名を口にした。浜中という姓だった。

浜中が動物じみた声を轟かせ、終わりを迎えた。少し経ってから二人は後始末をして、ブースから出ていった。

「不倫カップルみたいだったよ」

「世の中、乱れてますね。それはそうと、頼まれた公判記録の写しを持ってきました」

岩佐が蛇腹封筒の中から、裁判記録の複写の束を抜き出した。野上はそれを受け取り、ざっと目を通した。

地裁の判決に納得できずに控訴した被告人は四人いた。それぞれに怪しい点があったが、野上は動物用医薬品を違法に大量販売していた会社の社長の犯罪が気になった。

「五代功と称して星さくらという女子高生を買ったのは、おそらく動物用医薬品販売会社『三光薬品』の社長の江森章宗、五十二歳でしょう」

岩佐が言った。

「おれも、そう直感したよ。『三光薬品』は全国の畜産農家に豚用の抗生物質を主に販売してるが、獣医師に家畜の診察をさせずに〝指示書〟を発行してもらってた」

「それが、そもそも薬事法と獣医師法に触れてるんですよ。〝指示書〟を発行しなければならないんです。人間に出される処方箋と同じなんですよ」

「畜産農家は〝指示書〟の薬を買い求めて、家畜に投与してるわけだ?」

「そうです、そうです。抗生物質は効き目が強いんで、神経系の薬品と同様に要指示医薬品に指定されてるんですよ」

「岩佐、物識りだな」

「公判記録をよく読んだだけですよ。『三光薬品』の社員だった男が違法販売したことを内部告発したことに江森社長は怒って、チンピラたち三人を雇い、告発者の一ノ宮敦を袋叩きにさせたんです」

「で、暴行教唆で起訴された江森社長は東京地裁で有罪判決を下された。それを不服として控訴したが、五代裁判長は棄却したんだな?」

「ええ、そうです。江森は全国に動物用医薬品販売会社が二千五百数十社あって、その大半が抗生物質の違法販売を四十年近く前からやってるのに、自分の会社だけ罰するのは不公平だと申し立てたんですよ」

「その話は事実なのか?」

「だと思います。監督官庁である農林水産省は獣医が自身で家畜を診てから〝指示書〟を発行するよう厳しく指導してきたんですが、抗生物質の違法販売は業界の常識になってるみたいですね。多くの動物用医薬品販売会社は十人から二十人の獣医に〝指示書〟だけを

発行してもらって、謝礼を払ってるんですよ」
「その裏付けは当然、地検は取ってるんだろうな?」
「もちろんです。畜産農家を検察事務官が訪ね歩いて、獣医の診察を受けずに"指示書"を得てる事実を大勢の人間が証言しました」
「農水省が本気で取り締まってないなら、江森が不服を申し立てる気持ちはわかるな」野上は言った。
「その点は、そうですよね。しかし、『三光薬品』の江森社長は内部告発者の一ノ宮敦をチンピラたちに痛めつけさせてますでしょ?」
「ああ。それが悪質だと東京地裁は江森に有罪判決を下したわけか。江森は控訴したんだが、東京高裁は棄却した。執行猶予付きだが、一年七カ月の刑は不服だったにちがいない」
「ええ、そうなんでしょう。それだから、江森は五代功を逆恨みして……」
「少女売春をしてる女子高生たちに、自分は五代功と騙ったのか。江森は、『女子高生お散歩クラブ』の本当の経営者が村瀬茜だということを何らかの方法で知ったんだろうな」
「そうなんだと思います。担当検事に確認したところ、江森が小太りであることがわかりました」

「そうか」
「先輩、江森が誰かに村瀬茜を殺らせる動機が不明ですよね」
「江森は買春の件で、茜に強請られてたのかもしれないぞ。わざわざベッドパートナーの星さくらに五代功を五代に着せようとしたんじゃないだろうか。単に判事のイメージダウンを狙っただけじゃない気がするんだよ。五代が捜査本部事件の重要参考人と目されることを期待してたんだと思われるな。
『三光薬品』の本社はJR品川駅の近くにあるんだろう？」
「ええ、そうですね。内部告発した一ノ宮は退社後、千葉県船橋市にあるペットフード製造会社に転職してますね。えーと、会社名は確か『オリエンタルペットフード』だったな」
「先に一ノ宮敦に会ってから、『三光薬品』の本社に回ってみるよ。おまえを職場に送り届けてから、一ノ宮の勤め先に行くことにしよう」
「いいですよ」
「あんまり長く油を売ってちゃ、まずいだろうが」
「なんとかごまかします」
岩佐が笑いながら、そう言った。

「とにかく、職場まで送ろう。江森の公判記録の写し、しばらく借りるぞ」

「残りの分は持って帰ってくれないか」

「ええ、どうぞ」

「わかりました」

「事件に片がついたら、一杯奢るよ」

野上は必要な写しを手にして、勢いよく立ち上がった。岩佐が不要な公判記録の写しを急いで蛇腹封筒に突っ込み、すぐに腰を上げる。

二人はレンタルルームを出ると、七、八十メートル先の有料立体駐車場まで歩いた。野上はプリウスの助手席に岩佐を坐らせ、九段に向かった。野上は岩佐を降ろすと、千葉県船橋市に車を向け、十数分で、東京地裁九段庁舎に着いた。

目的のペットフード製造会社を探し当てたのは午後三時半過ぎだった。市街地から少し離れた場所にあった。雑木林と新興住宅に囲まれている。

野上は広い駐車場にプリウスを置き、一階のエントランスロビーに足を踏み入れた。受付カウンターで警察手帳を呈示し、一ノ宮敦との面会を求める。

二十代半ばの受付は緊張した面持ちで、クリーム色の内線電話の受話器を掴み上げた。

「ただの聞き込みなんで、誤解しないように。別に一ノ宮さんが犯罪に絡んでるわけじゃないんだ」

野上は、くだけた口調で言った。受付が無言でうなずき、プッシュボタンを押した。遣り取りは短かった。

「通路の奥に検査一課があるんですが、その前に応接コーナーがあります。そこで、お待ちいただけますでしょうか」

「わかりました。ありがとう」

野上は礼を言って、奥に進んだ。五十メートルほど歩くと、左手に応接コーナーがあった。その先に検査一課のプレートが見える。

野上は布張りのソファに腰かけた。近くには誰もいない。好都合だ。

一分も経たないうちに、検査一課から四十歳前後の男が姿を見せた。背広姿だ。公判記録によると、一ノ宮は四十一歳である。年恰好から察して、本人だろう。会釈する。

「お待たせしました。一ノ宮です」

「渋谷署の野上です。管内で先月十四日に発生した事件の聞き込みに回ってるんですよ」

「刑事さんはペアで行動されてるようですが……」

「通常はそうなんですが、手が足りないときは単独捜査をしてるんですよ。偽刑事ではありませんので、ご安心ください」

野上は立ち上がって、警察手帳を懐から取り出した。見せたのは表紙だけだった。

「別に疑ったわけではありません。どうぞお掛けになってください」

一ノ宮が言って、向かい合う位置に坐った。野上も腰を落とす。

「渋谷で起こった殺人事件というと、ブライダルプランナーの女性が絞殺された事件ですね?」

「そうです。被害者の美人社長は本業の赤字を埋めるため、実弟に高級少女売春クラブの経営を任せて荒稼ぎしてたんですよ」

「そうなんですか」

「あなたが勤めてた『三光薬品』の江森社長が、そのクラブに登録してた女子高生をちょくちょく買ってたんです」

「江森は十代の少女に異常な関心を持ってるんですよ。高校を卒業したばかりの新入社員に手をつけて、親に怒鳴り込まれたことがありました。ロリコンなんでしょうね」

「そうなんでしょう。江森社長は現職の判事に成りすまして、十代の女の子たちを買ってたんですよ。名を騙られたのは東京高裁の五代功判事です。その名に聞き覚えはあるでし

「ええ。法廷で五代判事を直に見てます。もうご存じかもしれませんが、わたし、一年あまり前まで『三光薬品』の社員だったんですよ」

「そのことはわかっています。あなたは、会社が動物用医薬品を違法販売していることを内部告発したんでしたよね?」

「そうです。東京地検に告発したんです、違法販売のことをね。社長は、江森はそのことを知ると、三人のチンピラにわたしを襲わせたんです。わたしは全治二カ月の怪我を負わされました。顔面を代わる代わるに殴られて鼻の軟骨が潰れ、頬骨にもヒビが入ってしまいました。前歯も一本折られたんですよ。いまは、差し歯を入れてますけど」

「とんだ災難でしたね」

「ええ。江森は東京地裁の判決に納得できないからと控訴しました。しかし、東京高裁の五代裁判長は棄却したんです」

「そうなんでしょう。江森社長は棄却されたことで、五代裁判長を逆恨みしてたんだろうか」

「そうですね。棄却された翌日に江森はぼくに電話してきて、正義漢ぶりやがってと悪態をつきました。それから被害をオーバーにしたくて、外科医にインチキな診断をさせたんではないかと疑ってましたね」

「反省してないんだな、まったく」
「三人のチンピラをけしかけといて、自分は家畜用抗生物質の違法販売の見せしめにされたと怒ってました。確かに『三光薬品』だけが獣医の診察抜きで、豚用の抗生物質を違法に畜産農家に売ってるわけじゃありません」
「そうみたいですね」
「だからといって、薬事法と獣医師法を無視してもいいということにはならないでしょ?」
「おっしゃる通りです。れっきとした法律違反ですからね」
「江森は、わたしのことを恩知らずの裏切り者と憎々しげに罵(ののし)ってました。給料分の仕事はこなしましたんで、裏切り者呼ばわりされるのは心外ですよ」
一ノ宮が言い募った。いかにも悔しそうだった。
「あなたがしたことは間違っていませんよ。農林水産省が家畜用抗生物質の違法販売を厳しく摘発しないことが一番悪いわけですが、販売業者たちの企業モラルにも問題はあると思いますね」
『指示書』を乱発する獣医たちも問題です。養豚農家の経営は楽じゃありません。半年

かけて豚一頭を育て上げても、一万数千円しか値がつかないんですよ。医薬品販売業者や獣医は生産者の金銭的な負担を軽くしてあげたいと考えたわけですが、法律を破ってはいけません。法治国家ですのでね。わたしは、そういうルーズさが赦せなかったんですよ。だから、内部告発に踏み切ったわけです。『三光薬品』にはいられなくなると思ってましたが、やはり業界ぐるみの不正に目をつぶることができませんでした。妻や子は青臭すぎると半ば呆れてましたけどね」

「一ノ宮さんみたいな方がいなくなったら、この国はもっと腐敗するでしょう。話を元に戻しますが、江森社長は五代判事に何か報復をしてやるとうそぶいてませんでした?」

「そのうち法律家でいられなくしてやるつもりだと言ってましたよ。何か五代判事の弱みを押さえるつもりなんでしょうが、高潔な裁判官の私生活に乱れなんかないと思います」

「でしょうね。お仕事の邪魔をしてしまって、すみませんでした。ご協力に感謝します」

野上はソファから立ち上がった。

4

趣味が悪い。

受付カウンターの真上には、江森社長の肖像写真が掲げられている。『三光薬品』本社ビルの一階だ。社屋は六階建てで、JR品川駅から一キロほど離れた場所にあった。

野上は受付カウンターに歩み寄り、読売タイムズ経済部の記者を装った。

「創業者列伝というコラムをシリーズで掲載することになったんですが、ぜひ貴社の代表取締役にもご登場いただきたいんですよ。取材を受けていただけるのでしたら、すぐにインタビューさせてください」

「それは嬉しい話ですね。社長の江森は喜んで取材に応じると思います。ただ……」

受付の女性が困惑顔になった。

「日を改めないと、インタビューは無理かな?」

「それは可能でしょう。ですけど、いまは役員会議中です。もう三十分もすれば、会議は終わる予定なのですが」

「そうしていただけますか。どこかで時間を潰して四十分後にまた来ます」

「露木（つゆき）、露木悠（ゆう）です。では、お名前は?」

野上は偽名を使って、体を反転させた。表に出ると、寒風がまともに吹きつけてきた。まだ午後五時前だったが、外は暗い。野上は路上に駐めたプリウスに駆け寄り、手早く

エンジンを始動させた。暖房の設定温度を高めてから、捜査資料のファイルを開く。

村瀬雅也の自宅の電話番号が記されていた。

野上はスマートフォンで、村瀬宅の固定電話を鳴らした。スリーコールで、当の村瀬本人が電話口に出た。

「おれは篠誠の知人だ。おたく、『女子高生お散歩クラブ』の店長だった須賀敬太って野郎を使って篠をビビらせたな?」

野上は鎌をかけた。

「須賀のことはよく知っていますが、そんなことはさせてないっ」

「白々しいぜ。こっちは数日前から篠のボディーガードをやってたんだよ。昨夜、篠は鳥居坂にある愛人宅に行った。おれは、愛人の住むマンションの近くにいた。カローラが愛人宅から出てきた篠を無灯火で轢きそうになったとこを目撃してるんだ」

「…………」

「それだけじゃない。レンタカーのカローラのナンバーをメモして、借り主が須賀であることを調べ上げた」

「えっ!?」

「おれは代々木上原にある須賀の自宅マンションに行った。部屋は二〇五号室だったかな。

「あんた、何者なんだ?」

須賀にちょいと威しをかけたら、おたくに頼まれて篠を轢く真似をしたって白状した」

「一匹狼のアウトローってとこかな。篠は、おたくの姉に企業恐喝の代理人をやってもらったことには感謝してるよ。けど、未払いの報酬はないと言ってたぜ」

「嘘だ。おれの姉は、まだ三千万円を貰ってないと何度も言ってた。ヤマト化学工業が現閣僚の愛人に一億円をカンパした証拠を篠誠が押さえて、姉が代理人として動いたときの謝礼だよ。姉は経産大臣の愛人から八千万円の現金を受け取って、そのまま篠に手渡したと言ってたな。後日、三千万円の謝礼をくれるという約束だったのに、篠はそれを反故にしたと怒ってたな。だから、死んだ姉の代わりにおれが催促したんだが、篠はもう払ってるの一点張りだった。だから、欲の深いブラックジャーナリストを少し怯えさせたんだよ」

村瀬が言った。

「おれは篠の言ったことを信じる。あいつは金銭欲が強いけど、これまでに共犯者を騙したことはない。そっちの姉さんは謝礼を二重取りする気になって、弟に嘘をついたんじゃないのかっ」

「弟としては、そう思いたいだろうな。仮に三千万円が未払いだったとしても、いいじゃ

「姉はおれにいい加減なことを言ったりしないよ」

ないか。篠は村瀬茜に頼まれて、高級少女売春クラブの客たちを強請ってやったと言ってたぜ」
野上は鎌をかけた。
「姉は篠にそんなことは頼んでないっ」
「そう断言できるのは、どうしてなんだ？　絶対にそれはあり得ない！」
「そう断言できるのは、どうしてなんだ？　おたくが女子高生を金で買ってたリッチな客たちの本名や職業を調べ上げて、口止め料をせしめたのかな。それ、考えられるね」
「どの客も成功者なんで、一様に用心深かったんだ。全員が偽名を使ってたと思われるし、女の子を指名するときも公衆電話やプリペイド式携帯電話を利用してたんだよ」
「そうするだろうな。しかし、金を持ってる客がシャワーを浴びてるときに女の子は運転免許証やカード類をこっそり見ることもできるだろうが？」
「そういうことはするなと、くどいほど言い聞かせてた」
「そうだったとしても、ロリコン男たちの身許は割り出せるよな。おたくたち姉弟が女子高生をデリバリーしたホテルかマンションに行って、客たちを尾ければいいわけだから」
「おれたち二人は、そんなことしてない。探偵や便利屋に客たちを尾行させたこともないよ」

「おかしいな。篠はそっちの姉さんに頼まれて高級少女売春クラブの客たちから口止め料をせしめてやったと何度も言ってたんだ」
「でたらめだよ、そんな話は。あっ、もしかしたら……」
「何だい?」
「おたく、篠誠に姉を殺してくれないかと頼まれてたんじゃないのか? 姉は分け前のことで篠と揉めてたようだからな」
「危いことはいろいろやってきたが、殺人(コロシ)は一度も請け負ったことがない。成功報酬が一億円だったとしても、捕まったら、割に合わないじゃないか」
「篠誠に言っとけくれ。すんなり三千万円をおれに払わないと、企業恐喝の証拠を切札にするってな。恐喝の交渉人を引き受けた姉は、証拠の一部をこっそり手許に残してたんだよ」
「抜け目のない女だな。その証拠物はどこにあるんだ?」
「教えるもんか。未払い分を払ってくれたら、姉が安全な場所に保管してある証拠物を二千万円で売ってやってもいいよ」
村瀬が笑いを含んだ声で言った。
「あんた、欲が深いな」

「金はいくらあっても、邪魔にならないじゃないか。人間の心までは買えないが、大金があれば、たいがいの夢は叶う」

「ブラックジャーナリストを甘く見ないほうがいいぞ。篠は、裏社会の顔役たちとも繋がりがあるんだ。あんまり欲を出すと、長生きできないぜ」

「おれも、捨て身で生きてる奴らを何人か知ってるよ。篠がこちらの要求を突っ撥ねる気でいるんなら、鳥居坂のマンションに囲ってる愛人ともう会えなくなるぞ。そう言っといてくれないか」

「開き直ったか。いいだろう、篠にそう言っといてやる」

野上はスマートフォンを懐に戻した。

それから間もなく、ポリスモードに着信があった。野上は手早くポリスモードを摑み出した。非通知の電話がかかってくるのは珍しい。

「野上ですが、どなたかな?」

「庄司、庄司学です。城戸課長に辞表を受理してもらって、神谷署長に謝罪してきました。野上さんが生安課に所属しながら、署長の特命で極秘捜査をしてることを聞きました」

「そう。そのことは課の者はもちろん、渋谷署のほかの警察官や職員にも内緒にしておいてほしいんだ」

「ええ、決して他言はしません。課長と署長にも同じことを言われましたので。それはそうと、偽電話にまんまと引っかかってしまったことを恥じています。警察庁の糸居審議官からダイレクトに電話をいただいたと思ってしまったんで、頼みを断ることはできないと勝手に判断して、早々に手入れを切り上げてしまったんですよ。軽率でした。城戸課長にすぐ報告して、指示を仰げばよかったのですが……」

「警察官僚の審議官に貸しを作っておけば、何かメリットがあると考えちゃったのかな?」

「そういう心理が働いたことは否定しません。子供が四人もいますので、早く職階を上げて収入を増やしたかったんですよ。自分は刑事失格です。表向きの経営者の村瀬雅也を児童買春・児童ポルノ禁止法及び労働基準法違反で書類送検しただけで、女子高生たちを買った客の身許の洗い出しを怠ってしまったんですから。村瀬が売春斡旋を認めたんで、それでお茶を濁そうとしたんです」

「体を売ってた娘たちの取り調べもしなかったんだから、問題は問題だね」

「ええ。課長と署長が温情をかけてくれなかったら、自分は確実に懲戒免職になってたでしょう。野上さんの隠れ捜査の手がかりを揉み潰す結果になったことを申し訳なく思っています」

「買春した客たちの本名や連絡先は、未確認だったんだね」
「ええ。買春の被疑者不明ということで処理したんです。ですが、村瀬茜を殺害した犯人は買春した客のひとりなんではないかと筋を読みました。といいますのは、姉弟は金回りがよさそうだったんですよ。売春ビジネスで荒稼ぎしてただけではなく、姉弟は第三者を使って買春した客たちを強請っていたのではないでしょうか。村瀬雅也は五百万はする高級スイス製腕時計のウブロをはめてました。姉の茜もブランド物の服や装身具を身につけてましたね」
「摘発したとき、村瀬茜は実弟に売春の斡旋をさせてることは認めなかったんでしょ? 姉のほうは書類送検もされてないわけだから」
「そうなんですよね。弟の雅也に合法的なJKリフレをさせてたことはまったく知らなかったと言い張りました」
「弟が姉を庇って、自分が罪を被ったんだろう」
庄司が答えた。
「そういう気配は感じ取れましたが、早く捜査を打ち切らなければと思っていましたので……」
「それ以上は、村瀬茜を追及しなかったんだ?」

「ええ、そうです。しかし、ダミー経営者の雅也が独断で高級少女売春クラブをしてたとは考えにくいでしょ?」
「そうだね。姉弟は共謀して、富裕層の中高年男性に女子高生たちを斡旋し、稼ぎの四割をピンハネしてたにちがいない」
「さらに、姉弟はつるんで買春した男たちを強請ってたんではないのでしょうか。その気になれば、十代の少女たちの体を貪った客たちの本名や職業を割り出すことは簡単です」
「そうだな。しかし、捜査本部のこれまでの調べでは茜に多額の預貯金があったという事実はないんだ。だからといって、姉弟が買春した客たちを強請ってなかったとも言えないがね。おそらく口止め料は現金で貰って、どこかに隠してあったんだろう」
「捜査資料には、被害者宅に多額の現金があったとは記述されてなかったな」
「茜が借りてた神宮前の高級賃貸マンションには札束はなかったんですか?」
「そうですか」
「多分、汚れた金は信頼できる相手に預けたんだろうな。姉弟の実家は小田原市内にあるんだが、両親に恐喝で得た金を預けたとは考えにくい。多額の現金を預かってくれなんて言ったら、父母は怪しむだろうから」
「でしょうね。親しい友人に預けてあるか、秘密の隠れ家に保管してあるのかな。そのど

「ちらかなんじゃないですか?」
「そうなのかもしれない」
「どっちにしても、村瀬姉弟は女子高生を買った男たちを強請ってたんだと思います。村瀬茜は億単位の口止め料を毟ろうとしたんで、殺されることになったんじゃないのかな。自分は、そう思ってるんです」
「姉弟が結託してたんだとしたら、弟の雅也もそのうち殺られるかもしれないな。姉と弟を同時期に片づけたら、女子高生と遊んだ男たちは警察関係者に真っ先に疑われるだろう」
「ええ、そうでしょうね。それで、少し間を置くことにしたんでしょうか」
「そうなんじゃないかな」
「野上さん、村瀬雅也を徹底的に洗ってみたら、いかがでしょうか。おっと、失礼! 本庁で殺人犯捜査に長く携わってきた野上さんにこんなことを言ったら、僭越ですね。どうかご勘弁を……」
「いや、参考になったよ。退職後はどうするつもりなのかな?」
野上は問いかけた。
「警備会社か運輸関係会社の求人があったら、応募してみるつもりです。できれば数カ月

のんびりしたいんですが、そうもいかないでしょう。子育ての真っ最中なんで、お父ちゃんは馬車馬のように働かないとね」
「大変だな」
「自分、独りっ子なんですよ。兄弟が欲しいなって思ってたんで、四人も子供をこさえちゃったんです。家庭は賑やかでいいんですが、子供たちを喰わせていくのは想像以上に大変でした」
「何かと大変だろうが、頑張ってほしいな。送別会には必ず出席するよ」
「城戸課長自ら送別会の幹事をやってくれると言ってくれたんですが、自分、辞退したんですよ。職務で失敗やって、いろんな人たちに迷惑をかけてしまいましたんでね。どの面下げて送別会に出ればいいんです? そっと退場すべきだと思ったんですよ」
「そういう選択肢もあるか」
「短いおつき合いでしたが、お世話になりました。野上さん、お元気で!」
庄司がことさら明るく言って、先に電話を切った。
野上はポリスモードを所定のポケットに収め、思わず溜息をついた。人生には、見えない落とし穴が幾つも待ち構えているのかもしれない。
庄司学が偽電話に惑わされていなかったら、村瀬茜殺しの手がかりはとうに摑んでいた

のではないか。野上はそう思いつつも、庄司の打算や下心を責める気持ちにはなれなかった。自分は上司や警察官僚に取り入るようなことはしないつもりでいるが、人にはそれぞれ事情がある。

庄司は警察官として、間違いなく取り返しのつかないことをした。しかし、依願退職という形でけじめをつけた。退職金は貰えるわけだ。それで、赦すべきだろう。

もうじき役員会議は終わるのではないか。

野上は始動ボタンに手を伸ばした。そのとき、懐でスマートフォンが震動しはじめた。発信者は岩佐か、沙也加だろう。

野上はスマートフォンを摑み出した。発信者は沙也加だった。

「謙さん、社会部から新情報を得たわ。村瀬茜は去年の十月に茅ヶ崎市内に三百坪近い宅地を取得してたのよ」

「そうか」

「市の外れの物件なんだけど、売買価格は四億二千万円なんだって。しかも、即金で買ってるの」

「高級少女売春クラブだけでは、そんな巨額を稼げるわけないな。売春ビジネスの儲けで、『フォーエバー』の赤字を補填してたんだろう」

「村瀬茜は、売春ビジネスとは別の裏商売をしてたんじゃない?」
「おそらく女子高生を買ってたリッチな男たちを強請ってたんだろうな。ロリコン連中は富裕層がほとんどだったみたいだから、口止め料を数千万円ずつ脅し取られたのかもしれないぞ」
「そうなら、四億円以上の土地もローンなしで購入できそうね」
「買った土地の権利証はどこにあったんだろう?」
「学生時代からの友人に預けてあったそうよ。社会部の記者に友人の名を訊いたら、怪しまれちゃったの。でも、なんとか上手に聞き出して、謙さんに教えてあげる」
「あんまり無茶をするなよ。社会部の情報が警察に流れたことが発覚したら、犯人捜しがはじまるはずだ。その結果、沙也加が解雇されたら、おれは責任の取りようがない」
「クビになったら、また働き口を見つけるわよ。謙さんは心配しないで」
「じゃじゃ馬だな」
「それは否定しないわ。土地の権利証を預かってた友人がわかったら、わたし、茜の知人を装って相手に接触してみる」
「そこまでやらなくてもいいんだよ。これから、捜査対象者に揺さぶりをかけなきゃならないんだ。いったん電話を切るぞ」

野上はスマートフォンを懐に収め、エンジンを切った。プリウスを降り、ふたたび『三光薬品』の本社ビルを訪ねる。
　受付の女性が歩み寄ってきた。
「少し前に役員会議が終わりました」
「江森社長は取材を受けてくれるのかな?」
「喜んで取材に協力したいとのことでした。露木さんがお見えになられたら、六階の社長室にお通しするよう言われています」
「それじゃ、案内してもらえるかな」
　野上は頼んだ。受付の女性がうなずき、野上をエレベーターホールに導いた。二人は六階に上がった。受付の女性が社長室のドアをノックして、声を発した。
「読毎タイムズの露木さまがお見えになりました」
「入っていただけ」
　男の声で応答があった。社長の江森だろう。受付の女性が重厚なドアを静かに開け、目顔（がお）で野上を促（うなが）した。
　野上は受付の女性を労（ねぎら）って、社長室に入った。受付の女性がそっとドアを閉める。奥の執務机に向かっていた小太りの五十二、三歳の男がすっくと立ち上がった。

「江森です。わたしのことを記事にしてくださると聞いて、とても光栄に思いました。どうぞ応接ソファにお坐りください」
「はい、ありがとうございます」
 野上は江森が着席してから、ふっかりとしたソファに腰を据えた。
「当社のことは、もう取材されたんでしょ？」
「はい。江森さんの私生活も調べさせてもらいました。あなたは女子高生とベッドで戯れるのがお好きなようだな」
「き、きみは本当に読毎タイムズの記者なのか!?」
 江森が目を剝いた。
「実は渋谷署の刑事なんですよ」
「悪い冗談はやめろ！」
「本当なんです」
 野上は警察手帳を見せた。
「わたしは法に触れるようなことはしてないぞ」
「もう調べはついてるんですよ。あなたは、『女子高生お散歩クラブ』に登録してる女子高生たちを買ってた。東京高裁の五代功判事の名を騙ったこともありますね。空とぼけた

ら、買春で立件することになりますよ」
「そ、それは勘弁してくれ。頼む！」
「五代判事に成りすましたのは、控訴が棄却されて頭にきたからなんだろうな。『三光薬品』は家畜用の抗生物質を長年にわたって違法販売してきた。そのことを一ノ宮敦という社員が内部告発した。獣医の診察抜きで〝指示書〟を不当に手に入れ、動物用医薬品を販売することは業界では当たり前だった」
「そうなんだ。元社員の告発があったからといって、わたしの会社だけを摘発するのはおかしいじゃないか。東京地裁はわたしに有罪判決を下した。だから、控訴したんだよ。東京高裁の五代裁判長は高潔な男のようだが、棄却するとは思わなかった。弁護士も驚いてたよ」
「そんなことで、あなたは五代功に化けて生真面目な判事のイメージを汚す気になったのかな?」
「それは……」
「素直に喋る気がないんだったら、児童買春の容疑で手錠を掛けることになるな。それでもいいんですか?」
「それは困る。困るよ」

「なら、正直に質問に答えてほしいな。五代判事のイメージダウンを狙っただけじゃないんでしょ？　あなたは五代功を殺人犯に仕立てたかったんじゃないんですかっ」

「どういう意味だね？」

「あなたが高級少女売春クラブの真のオーナーの村瀬茜に下半身スキャンダルを種にされ、多額の口止め料を要求されたと推測できます。その秘密を守るため、茜を絞殺したんじゃありませんか。いや、直に手を汚すほどの度胸も覚悟もなさそうだな。犯罪のプロに村瀬茜を片づけさせたんですか？」

「村瀬茜の代理人と称する男に買春のことをちらつかされたんで、仕方なく指定された公衆電話ボックスの中に二千万円の現金を入れた手提げビニール袋を置いてきたよ」

「それは、いつのことなんです？」

「去年の十二月十八日の夜だよ。電話ボックスは新宿御苑の近くにあって、わたしはすぐに立ち去れと指示されてたんだ。だから、金を持ち去った人間は見てない。だが、口止め料をせびられたのはそれ一度だけだったよ。高級少女売春クラブの真のオーナーが女であることは遊んだ娘から聞いてたが、村瀬茜には会ったこともないんだ。何度もたかられるわけじゃないんで、授業料だと思って二千万円はくれてやったんだよ。五代の名を騙ったのは、融通の利かない判事が十代の女の子を金で買ってると思わせたかったんだ。それだ

「そうなのかな」

「けなんだよ。わたしは人殺しなんかしてないっ。言い逃れなんかじゃない」

野上は、頬肉が垂れた江森の顔を直視した。

江森はまっすぐ見返してくる。視線を泳がせることはなかった。縋るような眼差しを向けてくるだけだった。犯罪者たちの多くは図太く、ポーカーフェイスを崩さない。それでも疚(やま)しさがある場合は、小さな動揺を見せるものだ。不自然に瞬(まばた)きしなかったり、背筋を伸ばす。友好的な笑顔を見せることもある。

『三光薬品』の社長は表情を作っているようには見えない。訴えるような目を向けてくるだけだった。殺人事件には関わっていないだろう。

「少女買春の件で、同僚と一緒にまた社長室にやってくるかもしれない」

「なんとか大目に見てもらえないか。もう十代の娘を買ったりしないと誓約書を認(したた)めるからさ」

「きょうは、いったん引き揚げます」

野上はソファから立ち上がり、社長室を出た。

第四章 消えた恐喝相続人

1

迷いが消えた。

イングリッシュ・マフィンを食べ終えたときだった。野上はブラックコーヒーを飲み干し、コンパクトなダイニングテーブルから離れた。自宅マンションである。

新聞記者を装って『三光薬品』の江森社長を追い込んだ翌日の午前九時過ぎだ。

江森が少女買春を重ねていた事実を見逃すのは、罪深いことだろう。ベッドパートナーを務めた女子高生たちも事情聴取を受けることになるが、やむを得ない。

野上はリビングソファに移ると、上司の城戸課長に電話をかけた。前日のことを報告し、江森を少女買春の容疑で取り調べてほしいと願い出る。

「ロリコンのおっさんたちは厳しく取り締まるよ」
「お願いします。捜査本部事件では江森はシロだという心証を得ましたが、やはり大目に見るわけにはいきませんからね」
「それはそうだな」
「課長に一つお願いがあるんです。江森に買われた娘たちも法に触れることをしてたわけですが、極力、穏便な処分にしてやってほしいんですよ。退学させられたり、鑑別所に送られたら、人生が暗転してしまいますので」
「同じ年頃の娘がいるから、そのへんは心得てるよ。説諭処分程度にして、保護者や学校には連絡しないつもりだ」
「そうしてやってください」
「わかった。話は飛ぶが、庄司から詫びの電話があったかな?」
城戸が訊いた。
「きのう、電話がありました」
「そうか。あいつは、きみの支援捜査のことは知らなかったんだ。捜査本部事件の手がかりを意図的に隠したわけじゃない。だから、勘弁してやってくれないか」
「ええ、わかってます」

「庄司はポカをやったんだが、わたしも職務がラフだった。その点は反省してる」
「過去の失敗や挫折は、必ず肥やしになるんじゃないですか。頼んだ件、よろしくお願いします」

野上は通話を切り上げた。ポリスモードをコーヒーテーブルの上に置き、マグカップやパン皿を手早く洗う。紫煙をくゆらせていると、部屋のインターフォンが鳴り響いた。

野上は玄関ホールに足を向け、ドア・スコープに片目を寄せた。

来訪者は沙也加だった。野上はドアを開けた。

「出勤しなくてもいいのか?」

「きょうは狡休(ずるやす)みしちゃったの」

沙也加が首を竦(すく)め、すぐに入室した。

「職場で何か厭(いや)なことでもあったのかな?」

「ううん、そうじゃないの。村瀬茜が茅ヶ崎の土地の権利証を預けてた友人がわかったのよ。井手恵美(いでえみ)、旧姓は米倉(よねくら)ね。八年前に結婚して山梨県の北杜(ほく と)市に住んでるみたい。夫は陶芸家よ」

「どんな手を使って、それを知ったんだ? 社会部のデスクに色目を使ったのか」

野上は軽口をたたいた。

「そんなことするわけないでしょ！　わたしは謙さんにぞっこんなんだから、そんな安っぽいことしないわ。昨夜、社会部を覗いたら、たまたま電話番の新人記者しかいなかったのよ。だからね、デスクの席にさりげなく近づいてメモを見ちゃったの」
「危ﾔﾌいことをやるなあ。大丈夫なのか？」
「別に問題はないと思うわ。机の上にあったメモを素早く読んだだけで、引き出しの中の物を勝手に覗いたわけじゃないんだから」
「まるでスパイだな」
「少しでも謙さんの役に立ちたかったの——なんてね。編成部の仕事に飽きてきたんで、刑事の真似事をしたくなったのよ」
「困った不良局員だ」
「すぐ出かけられる？　一緒に北杜市の井手宅に行って、村瀬茜の友人から新情報を手に入れましょうよ」
「民間人と聞き込みをするのはまずいな」
「堅いことは言わないの！　捜査員はペアで聞き込みをしてるわよね。謙さんが単独で井手恵美に会いに行ったら、怪しまれるかもしれないでしょ？」
「そうかもしれないが……」

「早く出かける用意をして」

沙也加が急かした。野上は押し切られる形で、寝室に駆け込んだ。てきぱきと着替えて、沙也加とプリウスに乗り込む。

「井手恵美の自宅は北杜市の穴平という所にあるの。中央自動車道の須玉ICを降りて佐久甲州街道を四、五キロ走ったあたりだと思うわ。位置で言うと、清里高原の手前ね」

助手席で、沙也加が言った。

野上は専用覆面パトカーを走らせはじめた。環八通り経由で調布から、中央自動車道の下り線に入る。車の流れはスムーズだった。

野上はハンドルを操りながら、支援捜査の経過を沙也加にかいつまんで話した。

「怪しい人間が何人もいたのね。それで、捜査本部は未だ容疑者を特定できてないわけか」

「そうなんだよ。それほど複雑な事件とは思わなかったんだが、加害者の割り出しにはもう少し時間がかかりそうだな」

「被害者の茜は、ブラックジャーナリストの篠誠とつるんで企業恐喝をしてたんでしょ？」

「そう。篠が企業の不正や役員のスキャンダルの証拠を押さえて、茜が口止め料の交渉を担ってたんだ」
「強面の男が脅迫するより、セクシーな美人がやんわりと口止め料を要求するほうが不気味でしょうね。バックにとんでもない大物が控えてると思うだろうから」
「そうだな」
「篠と村瀬茜は分け前を巡って去年から揉めてたということだから、ブラックジャーナリストが疑わしいけど、アリバイは立証されてるのよね?」
「ああ、そうなんだ。篠が予め自分のアリバイを用意しておいて、誰かに茜を殺らせた気配もうかがえなかった」
「そうなの。でも、篠はヤマト化学工業の現職の経済産業大臣の愛人に一億円カンパしたことを嗅ぎつけ、茜に八千万円の口止め料をせしめさせたんでしょ?」
「そうなんだが、茜は自分の分け前の三千万円をまだ受け取っていないようなんだ。茜の弟はその未払い分を死んだ姉貴に代わって請求したんだが、篠は払おうとしなかった。それで村瀬雅也は腹を立て、『女子高生お散歩クラブ』の店長をやってた須賀敬太を使い、篠に恐怖を与えた」
「須賀はレンタカーでブラックジャーナリストを轢く真似をしたということだったわよ

「村瀬は、そう言ってた。須賀を無灯火のカローラで轢き殺せとは命じてないんだろう。こっちは、その場にいた。須賀は本気で撥ねる気ではなさそうだったよ。単に篠を怯えさせたかっただけなんだ」
「だけど、村瀬雅也が篠に殺意を懐いたとしてもおかしくはないでしょ？　姉の茜は自分の取り分を払ってもらえなかったんだから。それから、篠にも茜殺しの動機はあるわね」
沙也加が言った。
「茜は企業恐喝の相棒だったんで、篠は弱みを知られてることになる。しかし、篠のほうも村瀬茜の犯罪行為を知ってるわけだ。どっちもどっちだから、篠に犯行動機はないんじゃないかな」
「謙さん、茜は分け前が少なすぎると篠に文句を言ってたのよ。だけど、篠は共犯者に分け前を多くやる気なんかなかったみたいだから、殺人の動機はあるんじゃない？　篠が腕っこきの殺し屋を雇って、村瀬茜を亡き者にさせたのかもしれないわよ」
「そうなんだろう」
「茜は十代の少女たちを買ってた客たちも、篠に強請らせてた節があるんでしょ？」
「そうではなく、篠は茜に無断で買春した客たちを脅迫してたようなんだ」

「茜にしてみれば、恐喝材料を篠に奪われたことになったんで、篠は面倒臭い相棒を切ってしまえと考えたんじゃないかしら。それで揉めることになった」
「沙也加は、篠誠が最も疑わしいと思ってるんだ？」
「そうね。茜は本業の赤字分を埋めたくて売春クラブの経営を実の弟に任せて荒稼ぎしてただけではなく、企業恐喝の片棒も担いでいた。そして、茅ヶ崎市に三百坪近い土地を即金で買ったんでしょうけど、何か新しい事業でも興す気だったのかな？」
「多分、そうだったんだろう。土地の権利証を預かってた井手恵美なら、そのあたりのことを知ってそうだな」

野上は口を結んだ。

いつの間にか、車は八王子ICの手前に差しかかっていた。野上はプリウスを追越しレーンに移しながら、先を急いだ。須玉ICから佐久甲州街道に入ったのは、午前十一時四十分ごろだった。

街道を道なりに数十分走ると、穴平に達した。右折して、市道を進む。家並が途切れ、道の両側には畑と雑木林が連なりはじめた。

めざす井手宅は、その奥にあった。

山荘風の二階家だった。敷地は広い。庭の一部は菜園になっていた。

野上は井手宅の少し先の路肩にプリウスを停めた。標高が高いのか、ひどく寒い。はるか先に、八ヶ岳連峰が見える。ほぼ同時に沙也加と車を降り、引き返しはじめる。

「強烈な寒さね」

　沙也加が腕を絡めてきた。

「ペアの女刑事が同僚と腕を組んでたら、変だろう？」

「わたしたち、夫婦ってことにしない？」

　野上は微苦笑して、肩で軽く沙也加を押した。

「夫婦がコンビを組むなんてあり得ないよ」

　二人は、間もなく井手宅に達した。野上はインターフォンを鳴らした。ややあって、女性の声で応答があった。

「どなたでしょう？」

「東京の渋谷署の者です。失礼ですが、井手恵美さんでしょうか？」

「ええ、そうです」

「先月、亡くなられた村瀬茜さんのことでうかがいたいことがあるんですよ。協力していただけますか？」

「はい。いま、そちらに参ります」

井手恵美の声が途絶えた。野上たちは門扉の真ん前で待った。待つほどもなくポーチに三十代半ばの女性が姿を見せた。太編みのざっくりしたセーターを着込み、ニット帽を被っている。
「恵美です。こっちは東京より、だいぶ寒いでしょ？　ここで立ち話をしてたら、風邪をひいてしまうでしょうから、どうぞ家の中にお入りください」
「しかし、陶芸家のご主人がいらっしゃるんでしょ？」
「夫は個展の打ち合わせがあるので、甲府に出かけました」
「そうなんですか。申し遅れましたが、野上と申します。連れは同僚です」
「美人刑事さんね」
「高梨です」
沙也加が名乗った。恵美が門扉の内錠を外し、来訪者を家の中に請じ入れる。
野上たちは玄関ホール横の広いリビングに通された。別荘風の内装で、外国製の薪ストーブで暖められていた。
恵美はニット帽を取り、野上と沙也加を北欧調のソファに腰かけさせた。それからロシア紅茶を淹れ、野上の正面のソファに浅く腰かけた。
「冷めないうちに……」

「どうかお気遣いなく。早速ですが、被害者とは大学時代からのつき合いだったみたいですね?」
 野上は本題に入った。
「そうなんです。茜とは入学ガイダンスのとき、たまたま隣に坐ったんですよ。なぜか気が合って、それからずっと親しくつき合ってきました。わたしの実家が町田にあるんで、一緒に帰ることが多かったんです」
「そうですか。あなたは、村瀬さんが取得した茅ヶ崎の土地の権利証を預かってたようですね」
「ええ。茜が亡くなって間もなく、権利証は小田原のご両親に返しました」
「三百坪近い土地を買って、故人は新しい事業を計画してたんだろうか?」
「茜は、購入した土地にシェアハウスを建設する計画だったんですよ。独り暮らしをしてる高齢者と孫世代の若者たちを一緒に住まわせたいと考えてたんです。採算は度外視して、家賃はぐっと安くするつもりだと言っていました」
「儲けるつもりのない事業を新規に展開する気になったのは、なぜなんでしょう?」
「彼女は罪滅ぼしをしたかったんでしょうね。茜たち姉弟は子供のころ、いわゆる鍵っ子だったんですよ。ご両親が働いてたんで、放課後は近所に住む足の不自由な独り暮らしの

「昔は、学童保育所の数が少なかったようだからね。それとも、保育料を払う余裕がなかったのかな」

「そのへんのことはよくわかりません。茜が小二の真冬、世話になってたおばあさんが灯油ストーブの火を消し切らないうちに給油したら、いきなり大きな炎が上がったそうなんですよ。驚いたおばあさんは転んで、炎に包まれてしまったらしいの」

「子供だった茜さんはびっくりして、身が竦んでしまったんでしょうね」

沙也加が話に加わった。

「そうだったようです。火の勢いが強くなって、とても消火できなかったそうです。おばあさんは火に呑まれながらも、声をふり絞って茜に外に逃げなさいと言ったらしいんですよ。それで、彼女は夢中で家から飛び出したという話でしたね。でも、茜たち二人を本当の孫のようにかわいがってくれた老女は焼け死んでしまったそうです」

「相手を救えなかった罪滅ぼしの気持ちから、赤字覚悟でシェアハウス経営をする気になったんでしょうね」

「わたしも、そう思います。偉いわ」

「ただ、気になることがあるんですよ。茜は『フォーエバー』が赤字つづきだとぼやいていたのに、茅ヶ崎の広い土地をローンなしで買ってるんです。

もしかしたら、彼女は目的のために何か違法なビジネスをして、土地の購入資金を捻出したのかもしれないと少し疑っていました。茜は、そのことについては笑ってごまかしてたけど。どうなんでしょう?」

恵美が野上に顔を向けてきた。

「断定はできませんが、村瀬茜さんは違法ビジネスで荒稼ぎして、茅ヶ崎の土地を買ったんでしょう。上物も、汚れた金で建てるつもりだったんだろうな」

「刑事さん、茜はどんな違法ビジネスをしてたんです?」

「その質問にはお答えできませんが、茜さんはダーティー・ビジネス絡みのトラブルのせいで殺害されたと考えられます」

「茜は若いときから思いっ切りがよかったけど、善行のために汚れた金を集めたんだとしたら、せっかくの罪滅ぼしも……」

「おっしゃる通りですね。汚い手段で得た大金で善行を施(ほどこ)しても、それは価値がありません。それはそれとして、あなたは故人から多額の現金を預かったことはありませんでしたか?」

「そういうことは一度もありません」

「そうですか。茜さんが誰かに命を狙われてると不安そうに訴えたことは?」

野上は畳みかけた。
「そういうこともなかったですね。辛かったと思います。茜は違法ビジネスで儲けたのかもしれませんが、どうしてもシェアハウスを建設して、恩のある老女を見殺しにしてしまったことを償いたかったんでしょう」
「多分、そうなんでしょうね」
「だから、茜の違法ビジネスのことは報道関係者には伏せといてくれませんか。この通りです」
 恵美が頭を深く下げた。
 野上は黙ってうなずき、ロシア紅茶を啜った。かたわらの沙也加が倣う。
「一日も早く茜を成仏させてください」
「ベストを尽くします。ご馳走さまでした」
 野上は沙也加に目配せして、先にソファから腰を浮かせた。二人は恵美に見送られて、井手宅を辞した。
「村瀬茜は、ただの金の亡者じゃなかったのね。高級少女売春クラブや企業恐喝で荒稼ぎしてると聞いて救いようのない悪女だと思ってたけど、ピュアな面もあったんだ」

「この世に百パーセントの悪人はいないだろうし、善いことをしつつ、悪いことにもつい手を出してしまう。百パーセントの善人もいないんじゃないか。誰も聖者にはなれないし、冷血な極悪人にもなり切れないんでしょうね。それが並の人間なんじゃないか」
「と思うよ」
「ここまで来たついでに、八ヶ岳連峰の周囲をドライブしない？ モーテルがあったら、ひと休みしてもいいし……」
「特命を帯びてるんだが、その程度の息抜きはかまわないだろう」
「そうこなくっちゃ」

沙也加が指を打ち鳴らした。
そのすぐ後、野上の懐で刑事用携帯電話(ポリスモード)が着信音を響かせた。ポリスモードを取り出す。発信者は伏見刑事課長だった。
「ブラックジャーナリストの篠が何者かに革ベルトで絞殺された。事務所のある階でエレベーターを降りた直後、加害者に背後から襲われたようだ」
「いつのことなんです？」
「午前十時過ぎだそうだ。犯人は逃走中で詳しいことはわからない。初動捜査資料が集ま

「山梨県の北杜市にいます」
野上は経緯を説明した。
「すぐ東京に戻ってくれないか」
「了解しました」
「また連絡する」
伏見が電話を切った。
「沙也加、ドライブはできなくなってしまった」
「何があったの？」
「篠誠が殺害されたらしいんだ」
「えっ、そうなの。村瀬雅也に殺られたんじゃない？」
「まだ何とも言えないな、判断材料がないからね。とにかく、東京に戻ろう」
野上は沙也加に言って、プリウスに走り寄った。
ったら、どこかで落ち合おう。いまは、どこにいるのかな？」

2

エレベーターが上昇しはじめた。
野上は函(ケージ)の中にいた。新宿にある都庁舎だ。北杜市から帰京し、ここにやってきたのである。その前に沙也加を自宅に送り届けた。
午後二時四十分を回っていた。
野上は、午後三時に伏見刑事課長と庁舎内で落ち合う約束をしてあった。都庁の敷地は広い。およそ四万三千平方メートルだ。そこに第一本庁舎、第二本庁舎、都議会議事堂が建っている。
正面にそびえる第一本庁舎は地上四十八階、地下三階だ。高さは二百四十三メートルもある。
中央部は三十二階までしかない。その両側は四十八階までツインタワーになっている。
四十五階には、それぞれ展望室と喫茶コーナーがある。正面の左が南塔、右が北塔だ。
南塔の展望室からは東京湾が一望できる。晴天なら北展望室から富士山も見える。南塔の屋上にはヘリポートがあるはずだ。

ツインタワーのある第一本庁舎の隣には、第二本庁舎が建っている。第一本庁舎よりもひと回り小さい。地上三十四階で、地下三階だ。二つの庁舎は通路で繋がっている。
野上は伏見刑事課長とよく都庁舎内で接触していた。渋谷署から離れているから、知った人間に見られる心配はない。少なくとも、渋谷署の署員と鉢合わせをしたことは一度もなかった。

耳に圧迫感を覚えたとき、エレベーターが停止した。四十五階だ。
野上はケージから出て、北展望室に向かった。人影は疎らだった。東京スカイツリーができてから、展望室を訪れる人たちが少なくなったようだ。
野上は北展望室の端にたたずみ、視線を遠くに放った。富士山の頂は雪で白い。稜線がくっきりと見える。
野上は富士山の七合目まで登ったことがある。五合目まで車で上がり、そこから登山道を進んだ。樹木の少なさに失望し、山頂を極める気は殺がれてしまった。日本一高い山は、遠くから眺めるほうが美しいのではないか。
雄大な景色に見入っていると、左横に伏見が立った。
「まだ三時前ですが……」
野上は前方に目をやったまま、小声で喋った。

「いつも野上君を待たせてるからな。初動捜査の情報を喋るぞ。篠の絞殺体を発見したのは、同じフロアにある弁理士事務所に勤める女性事務員だった。第一発見者について記したメモは後で渡すよ」
「わかりました。凶器は現場に遺留されてたんですか?」
「ああ、遺されてた。男物の牛革ベルトだ。そのベルトから、須賀敬太の指紋と掌紋が採取された」
「須賀の指掌紋が付着してたんですか」
「そう。きみの報告によると、『女子高生お散歩クラブ』の元店長は村瀬雅也に頼まれて、レンタカーで篠誠を撥ねようとしたということだったね?」
「ええ。須賀は、そう言っていました」
「村瀬は、姉が貰えることになってた三千万円を篠がいっこうに払おうとしないことに腹を立てたんじゃないだろうか」
「で、須賀にブラックジャーナリストを殺らせた?」
「おそらくね。所轄署は須賀に任意同行を求めて、現在、取り調べ中なんだ」
「須賀は犯行を認めたんですか?」
「いや、否認してる。ただ、現場近くの商業ビルに設置された防犯カメラの映像に須賀の

「篠の事務所がある雑居ビルに須賀が入っていく姿が映ってたんですか?」

「ああ、はっきりと映ってたよ。しかも、録画された時刻は篠の死亡される十数分前だったんだ。須賀は事件現場に行ったことは認めたが、犯行は強く否認している」

「なぜ須賀は事件現場に行ったのでしょう?」

「その点については、ある人物に頼まれて篠の事務所を訪ねたと供述してるそうだ。しかし、四階のエレベーターホールに篠誠の死体が転がってたんで、現場から立ち去ったと言ってるらしい」

「確か須賀には、傷害の前科があります。犯歴のある者が指掌紋の付いた自分の革ベルトを犯行現場に遺すなんて考えにくいでしょう?」

「初めて人を殺したんで、須賀は沈着さを失ってたんじゃないだろうか」

「そうだったとしても、凶器から足がつくことぐらいはわかってたはずですよ」

「現場には須賀のベルトが遺留されてた。供述通りなら、自分が疑われてはたまらないと考え、ベルトを持ち去るだろうね」

伏見が言った。

「気が動転してたんで、死体のそばに落ちてた革ベルトが自分の物であるとは気づかなか

つたんですかね。取り調べに当たった捜査員は、凶器のベルトを須賀に見せたんですか？」

「見せたら、だいぶ前になくしたベルトだと答えたそうだよ。多分、職場のロッカーから誰かが盗み出したんだろうと言ったらしい」

「そうですか」

「指名予約を受けていた事務所には、ふだん須賀と村瀬雅也しかいなかったという話だったね。待機してる女子高生は別の場所にいたわけだから、須賀のベルトを持ち出せるのは村瀬だけだろうな」

「でしょうね」

「須賀の供述通りなら、村瀬が須賀の仕業に見せかけて篠誠を絞殺した疑いが出てくるな。取り分の三千万円を篠が踏み倒しそうだったんで、代理殺人の偽装工作を企てたのかもしれないぞ」

「その疑いはゼロではないと思います。しかし、村瀬は姉の事件に片がついたら、カフェ経営に乗り出す予定だと言っていました。茜が貰えることになってた三千万円は回収できなくてもいいと考えるでしょうか」

「村瀬雅也は姉貴に高級少女売春クラブの管理を任せられてたんで、それなりの実入りは

あったんだろう。だから、カフェを開くだけの事業資金は貯めてたんじゃないのか。そうなら、なかなか払って貰えない姉の分け前は取りっぱぐれても仕方ないと思ったんじゃないのかね」
「そうなんでしょうか」
「でも、癖は癖だろうな。それだから、村瀬は篠誠を殺す気になったのかもしれないぞ。自分が怪しまれることを回避するため、須賀の革ベルトでブラックジャーナリストの首を絞めたと筋を読むことはできるな」
「そうですが、須賀のベルトを手に入れた者として、村瀬は真っ先に疑われるでしょ？ ロッカーを利用してたのは、おそらく須賀と村瀬の二人だけだったんでしょうから」
「確かに、そうだな。姉の分け前の三千万円を払ってくれないからというだけで、人殺しはやらないか」
「と思いますが、まだわかりません。ただ、須賀は篠を殺害していないでしょう。いったい誰が須賀に濡衣を着せようとしたのか。須賀にもっともらしいことを言って事件現場に行かせた者が篠誠を殺害したんではないかな」
「須賀敬太は誰かを庇ってるんだろうか。村瀬以外の誰かに大きな人参を見せられて篠のオフィスに行ったんだとしても、その人物が透けてこないな」

「そうですね。初動捜査に当たってる係官たちは、須賀の交友関係を洗ったんでしょ?」

野上は問いかけた。

「須賀には特に親しい友人も彼女もいないみたいなんだよ。売春クラブに登録してた女子高生に手を出してもなかったらしいから、性風俗店に通ってるんだろうな」

「考えられますね」

「野上君、念のために村瀬雅也に探りを入れてくれないか。友人や彼女のいない須賀が親しく接してたのは村瀬だけなんだろうから、やっぱり被害者の弟が気になるんだよ」

「わかりました」

「それから、事件通報者の調書の写しを渡しておこう」

伏見刑事課長が言って、ウールコートの内ポケットから二つ折りにした紙片を抓み出した。

野上は紙片を受け取って、半分ほど開いた。

弁理士事務所に勤務している池内綾子は、四十二歳と記されている。自宅の住所も付記されていたが、この時刻なら、まだ勤め先にいるだろう。

「わたしは喫茶コーナーに寄ってから、署に戻るよ。きみは先に出てくれないか」

伏見が外を眺めながら、小声で言った。

野上は伏見から離れ、エレベーター乗り場に足を向けた。都庁を後にし、近くの新宿中

央公園まで速足で歩く。プリウスは公園の際に駐めてあった。

野上は専用覆面パトカーに乗り込み、事件現場に急いだ。

目的の雑居ビルに着いたのは、およそ三十分後だった。野上は車を路肩に寄せ、雑居ビルの四階に上がった。エレベーターホールを仔細に観察してみたが、事件の痕跡はなかった。

事件通報者が働く弁理士事務所は、篠誠のオフィスの隣にあった。野上は弁理士事務所のドアをノックした。応対に現われたのは、当の池内綾子だった。地味な印象を与えるが、優しそうに見える。

「警察の者です。所轄署勤務ではないんですが、担当してる事件と今朝の犯罪に繋がりがあるかもしれないんです。ご協力いただけますか？」

野上は警察手帳を見せ、姓だけを名乗った。

「わかりました。どうぞお入りになってください」

「通路で聞き込みをさせてもらうほうがいいでしょ？」

「そのほうがよさそうね」

綾子が職場から出てきて、静かにドアを閉めた。

「初動捜査を担当してる者に死体を発見したときのことを話されましたよね。そこから聞

かせてもらえます？」

「はい。わたし、足りなくなった事務備品を買って職場に戻ったんです。エレベーターを降りると、ホールの端に顔見知りの男性が倒れていました」

「それが被害者の篠誠さんだったんですね？」

「ええ。お名前までは存じませんでしたが、何度も同じエレベーターを利用してたんですよ。それで、隣のオフィスの方だということはすぐにわかりました」

「あなたは被害者に声をかけたんですか？」

野上は質問した。

「はい、二度ほど大声で呼びかけました。けれど、なんの反応もありませんでした。もう死んでいると思いました」

「凶器の革ベルトには、すぐ気づかれましたか？」

「ええ。亡くなった男性の肩の真横に蛇がのたくっているような形で落ちていましたので。俯(うつぶ)せに倒れたまま、ぴくりとも動かなかったんです。一瞬、ベルトに触れそうになりましたけど、すぐに手を引っ込めました」

「ベルトのほかにフロアには何か放置されてませんでした？」

「亡くなった方の腰の脇に焦茶(こげちゃ)のセカンドバッグが落ちていました。それは、被害者の持ち物だと警察の方に教えていただきました」

「そうですか。セカンドバッグの留金(とめがね)は外れていましたか?」
「いいえ、外れていませんでした。警察の方は物盗りの犯行ではなさそうだとおっしゃっていましたから、お金やカードは奪われてないんでしょう」
「二十代後半の不審な男性が所轄署で事情聴取されてるんですが、あなたが事務備品を買って職場に戻られたとき、このビルの付近で気になる人影は見ませんでした」
「怪しい男性はまったく目撃していません」
「きょうだけではなく、その前も見てらっしゃらない?」
「はい」
「殺害された男性はフリージャーナリストと称してたようですが、その素顔は強請屋(ゆすりや)だったんですよ。要するに、恐喝で喰ってたんです」
「そう言われてみると、どことなく崩れた感じでしたね」
「被害者の事務所には、人がよく出入りしていました?」
「訪ねてくる方は、ほとんどいなかったんじゃないのかしら。去年の秋ごろまで二人の従業員がいたんですが、どちらも辞めてしまったみたいですよ。悪事の片棒を担がされてることに気づいて、逃げ出したんじゃないですかね?」
「そうなのかもしれません。あなたの雇い主や同僚の方は事件が起こったころ、事務所に

「いたんでしょ?」
「所長を入れて六人が職場にいましたけど、エレベーターホールで人が争う物音は誰も聞いていないと口を揃えてました。おそらく顔見知りの犯行なんでしょうね」
「そうも考えられますが、犯人は身を潜めて背後から被害者の首に革ベルトを掛け、一気に絞めたとも推測できます」
「ええ、そうだったんでしょうね」
「池内さんがこの階でエレベーターを降りたとき、ふだんと何かが違うと感じませんでした?」
「エレベーターから出たとき、ホールにヘアトニックの香りが漂っていました。男性用の整髪料の匂いだと思います」
「いまどき香りの強い整髪料を使ってる若い男は少ない。犯人は中高年の男なんだろうか。いや、加害者が整髪料を使ってたと思い込むのは早計だな。このフロアに宅配便を届けにきた者がいたかもしれませんからね」
「そういえば、年配の宅配便配達人がちょくちょく四階に上がってきます。でも、その方は整髪料を使っていないと思います」
「そうですか。となると、加害者はヘアトニックを頭に振り掛けてるのかな。どんな香り

「柑橘系の香りでしたね」

相手が答え、腕時計にさりげなく目を落とした。何か予定があるようだ。

「ご協力、ありがとうございました」

野上は池内綾子に謝意を表し、エレベーターホールに向かって歩きだした。次は村瀬の自宅に行く予定だ。

3

ブレーキペダルを踏む。

専用覆面パトカーを『恵比寿スカイマンション』の斜め前に停めたとき、アプローチから三人の男が出てきた。

野上は何気なく男たちを見た。ひとりは村瀬雅也だった。残りの二人は、準大手の建設会社名の入った封筒を持っている。

野上はパワーウインドーを下げた。耳をそばだてる。

「姉の納骨が終わったら、すぐに地鎮祭をやる予定です。それまでに、所有権を父母とわ

村瀬が建設会社の社員と思われる二人に言った。上司らしき四十七、八歳の男が応じた。
「いろいろオプションがありましたので、総工費は最初の見積りよりも十四、五パーセント高くなると思いますが、よろしいでしょうか」
「ええ、結構です。姉の遺産だけでは足りませんが、工事代は三回に分けて必ずお支払いします」
「ローンをお使いにならないお客さまはありがたいです。金融機関の審査なしに着工できますので」
「……」
「シェアハウスの建設は、故人の夢だったんですよ。身内が遺志を継いでやりません
「そのお気持ちに感動しました」
「支払いのことで、豊栄建工さんに迷惑をかけることはありませんので、どうかご安心ください。よろしくお願いします」
村瀬が来訪者たちに一礼し、アプローチをたどってマンションの中に消えた。二人の男が路上駐車中のクラウンに足を向ける。野上は急いでプリウスを降り、豊栄建工の社員たちを呼び止めた。男たちがたたずむ。

野上は二人に歩み寄って、刑事であることを明かした。二人が顔を見合わせ、緊張した表情になった。
「ちょっと捜査にご協力ください」
野上は四十代後半の男に声をかけた。かたわらに立った男は三十歳前後だろう。
「刑事さんは、村瀬さんのお姉さんの事件を捜査されてるんですね?」
「ええ、そうです。被害者が購入した茅ヶ崎の土地に、あなたたちの会社がシェアハウスを建設されるようですね?」
「はい、施工をお任せいただきました」
「総工費はどのくらいになるんです?」
「およそ一億八千万円ですね」
「確か故人は茅ヶ崎の宅地を四億数千万円で手に入れたんじゃなかったかな」
「ええ、そう聞いています」
「土地代を入れると、約六億円か」
「そうなりますね。建築費の借入金は必要ないとのことでしたから、施主の方は資産があるんでしょう」
「法人ならともかく、個人で一億八千万円の工事代を一括払いできる施主は多くないんじ

「おっしゃる通りですね。施主のお姉さまは事業で成功されていたということでしたので、かなりの額の遺産がおありになったんでしょう。株とFXで大きな利益を得たとかで、弟さんも金銭的に余裕がおありなんだと思います。お姉さんの遺産で足りない分は自分が負担されるとおっしゃっていましたから」
「そうですか」
「あのう」
「何でしょう?」
　若いほうの男が口を挟んだ。
「施主の村瀬さまが犯罪に関わっているわけではありませんよね?」
「そういうことはないでしょう。村瀬姉弟は、どちらも商才があるようですから」
「工事に着手する前に建設会社は通常、総工費の三分の一程度のお金を入れてもらってるんですよ」
「そうみたいですね」
「工事直後に施主が警察に捕まったりしたら、会社のイメージが悪くなります」
「そんなことにはならないと思いますよ。ご協力、ありがとうございました」

野上は、どちらにともなく言った。建設会社の社員たちがクラウンに乗り込む。クラウンが走りだしたとき、野上の懐で刑事用携帯電話が着信音を発した。発信者は神谷署長だった。
　野上はプリウスの運転席に入ってから、ポリスモードを耳に当てた。
「お待たせしました」
「須賀敬太が任意同行されたことは、伏見刑事課長から聞いてるね？」
「はい。須賀が供述を変えて、篠誠を絞殺したと認めたんですか」
「いや、犯行は否認したままだよ。遺留品の革ベルトだけで裁判所に逮捕状は請求できないんで、須賀を泳がせることにしたそうだ。少し前に本庁機動捜査隊に探りを入れてみたんだよ」
「そうですか。しばらく機捜と所轄署の者が須賀に張りついて、誰に頼まれて篠の事務所に行ったかを突きとめる気なんでしょうね」
「そうなんだろう。しかし、犯歴のある須賀がボロを出すと考えるのは甘いんじゃないか。きみはどう思う？」
「おそらく、ボロは出さないでしょう。須賀は背後にいる人物を頑なに明かさなかったということですので」

「そうだろうな。きみは、もう篠の事務所に行ったの？」
「はい。手がかりになるかどうかわかりませんが、事件通報者の池内綾子から気になる情報を得ました」
「どんな情報なのかな？」
神谷が問いかけてきた。野上は質問に答えた。
「エレベーターホールに整髪料の香りが漂ってたのか。きみは須賀と会ってるよね。ヘアトニックの匂いは？」
「そのときは整髪料はまったく匂ってきませんでした」
「なら、犯人ではなさそうだな。いや、待てよ。須賀は、先夜、レンタカーで篠を轢く素振りを見せたんだね？」
「そうです」
「須賀が嘘をついたんじゃなければ、村瀬に頼まれてブラックジャーナリストの事務所に行ったとも考えられるな。現場には須賀の革ベルトが落ちてた。ちょっと作為的な気もするが、須賀は冷静さを失ってたのかもしれないぞ」
「そうなのでしょうか」
「きみは、須賀敬太はシロだと思ってるようだな」

「ええ、まあ。遺留品が、いかにも偽装臭いでしょ？ 須賀には前科があるんです。すぐ足のつくような犯行は踏まないと思います。それに、被害者の着衣に須賀の頭髪、唾液、汗も付着してなかったんでしょ？」

「ああ、初動捜査で革ベルト以外には須賀のDNAが認められる物はなかったらしい。しかし、犯行直前にキャップ、レインコート、手袋、靴カバーを着用した疑いがないとは言えないぞ」

「そこまで冷静な行動ができるなら、凶器の革ベルトは持ち去るはずでしょう」

「そうか、そうだろうね。村瀬が須賀の犯行に見せかけて、姉の分け前の三千万円を払おうとしない篠誠を絞殺したんだろうか」

「確かに村瀬は疑わしいですよね。ですが、金に拘って殺人に及ぶとは思えません。村瀬は死んだ姉の遺志を継いで、シェアハウスの建設計画を進めてます」

「そうなのか。詳しいことを教えてくれないか」

署長が促した。野上は、豊栄建工の社員から聞いた話を伝えた。

「村瀬茜は生前、四億数千万円の土地を購入してた。建築費の一億八千万円を一括で払うだけの預金はなかったようだが、弟は借り入れをしないで工事代は用意できると豊栄建工の者に言ってたんだね？」

「ええ。はったりで言えることじゃないと思います」

「だろうね」

村瀬雅也は、総工費の不足分を恐喝で捻出する気でいるのかもしれません。姉の茜は篠と共謀して、企業恐喝を重ねてましたんで」

「女性社長は、口止め料の交渉に当たってたんで」

「ええ。茜は篠から恐喝材料を与えられてたんですが、まだ脅迫してない種(ネタ)がいくつか残ってたんじゃないですかね」

「残りの恐喝材料は遺品の中に混じってたんだろうか。弟はそれを使って、企業不正や役員のスキャンダルを金にしようとしてるのかな」

「そうでないとしたら、女子高生を買った富裕層の男たちから口止め料をせしめる気でいるんでしょう」

「それも考えられるが、篠は殺害された。篠は村瀬が姉の恐喝相続人になったことを察知して、クレームをつけたんじゃないか。茜に預けてあった強請の材料を速やかに返さなければ……」

「殺すと威(おど)しをかけられたんでしょうかね?」

「考えられなくはないだろう。で、村瀬は先に篠誠を殺や気になったのかもしれないぞ。

「そうなんでしょうか」
「きみから聞いた新情報は伏見刑事課長に話しておくよ」
 神谷署長が電話を切った。野上はポリスモードを懐に仕舞った。
 ちょうどそのとき、『恵比寿スカイマンション』の地下駐車場のスロープから灰色のレクサスが走り出てきた。運転しているのは村瀬雅也だった。
 背広姿だ。ネクタイも結んでいる。同乗者はいなかった。
 野上は少し間を取ってから、レクサスを尾けはじめた。
 レクサスは数十分走って、青山一丁目交差点の近くにある商業ビルの前に停まった。一階のシャッターは下りている。貸店舗のビラが貼付してあった。以前はブティックだったようだ。
 村瀬は、いずれカフェを経営するつもりだと言っていた。どうやら物件を探しはじめているようだ。
 野上はプリウスをレクサスの三十メートルあまり後方のガードレールに寄せ、様子を見ることにした。村瀬は車を降りようとしない。空き店舗の前で、不動産屋の社員と落ち合うことになっているのか。

 自分の手を汚したかどうかはわからないが……」

六、七分後、空き店舗の前で五十絡みの男が立ち止まった。村瀬がレクサスを降り、男に歩み寄った。

不動産屋と思われる男がシャッターを押し上げ、両開きの扉のロックを解いた。やはり、元ブティックだった。看板はまだ外されていない。

男が先に店内に入り、照明を灯した。村瀬も店の中に消えた。野上はプリウスを出て、空き店舗に接近した。死角になる場所に立ち、耳に神経を集める。

「思ってたより広いな。これだけのスペースがあれば、小粋なカフェはできる」

「立地条件は悪くないですよ。このあたりで、これだけ広い空き店舗はありません。オーナーは飲食店をテナントにはしたくなかったようですが、わたしが説得しましたので、貸してもらえますよ」

「この商業ビルは十八年前に建てられたんでしたね? ガス管や水道管は少し古びてるかもしれないが、改装費がものすごく増えることはなさそうだな」

「村瀬さん、その点は心配ありませんよ。どうかご安心ください」

「そう。保証金は五百万円だったね?」

「はい。オーナーは四百万円でもかまわないと言っています」

「それは助かるな。カフェを経営するだけじゃなく、茅ヶ崎に独居老人たちが明るく暮らせるシェアハウスを建設することになってるんで。そちらはボランティアみたいなもんだから、儲けるつもりはないんですよ。カフェのほうは売上が大事だから、オーナーに少し家賃を下げてもらえないかと打診してみましょうか?」
「保証金を百万安くしてもらうから、家賃は四十八万円のままでいいですよ」
「そうですか」
「この店舗を借りることにします。一両日中に賃貸契約書を交わしましょう。きょうは申し込み金として、三十万ほどお渡ししましょうか?」
「十万円で結構です。申し込み金の領収証をお渡ししましょうか?」
「事業を興すと、予算外の出費があるもんです。なんなら、
いただけますか、歩いて数分ですので」
「あまり時間がないんですよ。この後、人に会わなきゃならないんです。十万円をお渡ししますので、あなたの名刺の裏にでもその旨一筆書いていただければ……」
「ええ、結構です」
「それでよろしいんですか?」

村瀬が札入れを取り出す気配が伝わってきた。

野上は空き店舗から離れ、大股でプリウスの中に戻った。数分後、村瀬が空き店舗から出てきた。レクサスに乗り込み、慌ただしく発進させる。

野上は、またレクサスを追尾しはじめた。村瀬の車は赤坂見附を右折し、外堀通りを山王下まで進み、山王日枝神社の外周路に入った。星が岡会館と都立日比谷高校の間を抜け、小さなホテルの手前で停まった。

野上はプリウスをレクサスの数十メートル後ろの路肩に寄せ、手早くライトを消した。

なぜか、村瀬は車から降りようとしない。誰かを待っている様子だ。野上も動かなかった。

近くにタクシーが停止したのは二十数分後だった。降りた客は四十代だろうか。黒っぽいスリーピースの上に灰色のウールコートを重ねていた。黒革の手袋を嵌め、マフラーに首を埋めている。

男は左右をうかがってから、山王日枝神社の境内に入った。村瀬がレクサスの運転席を出て、男の後を追った。

野上もそっとプリウスを降り、二人の後から境内に足を踏み入れた。暗がりをゆっくり進むと、前方に二つの人影が見えた。

村瀬と正体不明の男は向かい合う形で立っている。
「久米さんよ、十分遅刻だぜ」
「すまない。タクシーがすぐに拾えなかったもんだから……」
「ま、いいさ。あんたは東京国税局査察部のチーフ査察官でありながら、資産家の若い妻の色仕掛けに引っかかって、相続税の大幅圧縮に協力した。ベッドで何度もいい思いをした上に、二千万円のキャッシュをいただいたんじゃ、逃げるに逃げられなかったんだろうな」
「そのこと、どうやって調べ上げたんだ?」
「おれには優秀なブレーンがいるんだよ。おれ自身があんたの弱みを握ったわけじゃない。ブレーンがあんたの不正の事実を押さえてくれたのさ」
「そのブレーンというのは、篠誠なんだなっ」
久米と呼ばれた男が声を張った。
「ノーコメントだ」
「図星だったんだな。篠は、わたしに代理人の女性に連絡させると言ってたが、何も言ってこなかった」
「おれのことを詮索する気なら、あんたの悪事を上司に密告るぞ」

「それはやめてくれ。資産家の夫を亡くしたばかりの若い妻と男女の関係になったことを知られたら、わたしは妻子に逃げられる。もちろん、職場にもいられなくなるだろう」

「それだけじゃない。あんたは収賄罪で法廷で裁かれることになる」

「資産家の若い妻に強引に渡された二千万円にはまったく手をつけてない。それを必ずおたくに渡すから、もう勘弁してくれないか」

「そうはいかない。あんたが若妻から貰った指導料はそのうちにそっくりいただくが、査察の対象になってる法人や個人資産家たちのリストを持ってきてくれたな。いろいろ事業計画があるんで、金が必要なんだよ」

「隠し金を奪う気なんだな」

「ノーコメント。査察対象者リストを渡してもらおうか」

村瀬が前に出て、右手を差し出した。

次の瞬間、暗がりから黒いフェイスマスクを被った男が二人躍り出てきた。片方は金属バット、もうひとりは木刀を握っている。

「久米、てめえはおれを……」

「殺してくれとは頼んでないよ。おたくがわたしに妙な要求をしないように少し痛めつけ

「そいつらは何者なんだ？　やくざじゃなさそうだが……」
「二人とも組員じゃないよ。荒っぽい私刑屋(リンチャ)として闇サイトで依頼が多いようだね。懲りずに脅迫してきたら、プロの殺し屋に始末させるぞ」
久米が言い放ち、地を蹴った。野上は久米の行く手を塞ぐ気になりかけたが、すぐに思い留(とど)まった。久米が野上の潜んだ暗がりを走り抜けていった。
久米に雇われたと思われる男たちが村瀬を挟む形になって、金属バットと木刀を振り被った。
「おまえら、久米則久(のりひさ)からいくらずつ報酬を貰えることになってるんだ？」
「二十五万円ずつだよ。それがどうしたっ」
金属バットを翳(かざ)した男が喚(わめ)いた。
「おれは四十万円ずつ払ってやる。だから、すぐに久米を追っかけて、ここで半殺しにしてくれないか。そうすりゃ、おれに逆(さか)らわなくなるだろう」
「依頼人を裏切るわけにはいかねえ」
「わかった。二人に五十万ずつ払うよ。すぐに久米を追ってくれ」
村瀬が言った。

木刀を手にした男が仲間に何か言って、前に跳んだ。着地する前に木刀を水平に泳がせた。村瀬がステップバックする。木刀が手許に引き戻された。数秒後、今度は金属バットが上段から振り下ろされた。村瀬がバランスを崩して、尻餅をついた。フェイスマスクで顔面を隠した二人が、相前後して得物を振り上げた。金属バットと木刀で頭部を撲たれたら、村瀬は死んでしまうかもしれない。もう傍観はしていられない。

野上は前に走り出た。

「てめえ、なんだよ。仲裁なんかしやがったら、怪我することになるぜ」

金属バットを持った男が、大声で威嚇した。

「警察の者だ。二人とも武器を捨てろ!」

「おれはお巡りが大っ嫌いなんだ。ぶっ殺してやらあ」

「やめとけ」

野上は制止した。だが、二人の男はいきり立ったままだ。ほとんど同時に、立ち向かってきた。

急に村瀬が立ち上がり、本殿のある方向に走りだした。金属バットと木刀が交互に振られた。

「二人とも地べたに這え! 命令に従わないと、撃つぞ」

野上は腰からシグP230Jを抜いた。フェイスマスクの男たちは竦み上がり、武器を投げ捨てて命令に従った。

野上は二人の脇腹に一発ずつ鋭い蹴りを入れた。男たちは体を丸めて、転がりはじめた。

野上は言って、勢いよく駆けだした。村瀬の逃げた方向に走り、神社の石段を駆け降りて山王下まで出た。

「おまえら、逃げるなよ」

だが、村瀬の姿はどこにも見当たらない。来た道を逆戻りする。フェイスマスクをかぶった二人の姿は掻き消えていた。野上は境内を出た。レクサスは駐められたままだった。

野上はプリウスに乗り込み、急いで脇道に移動させた。神社の外周路に駆け戻り、レクサスの近くの物陰に身を潜める。

ほとぼりが冷めたころ、村瀬は自分の車を取りに戻るだろう。そう予想したのだが、レクサスに走り寄る人影は目に留まらない。

野上は足踏みしながら、ひたすら待ちつづけた。二時間待っても、村瀬は姿を見せない。レクサスを置き去りにしたまま、逃走する気になったようだ。

野上は半ば諦めながらも、張り込みを打ち切ることができなかった。全身が凍えはじめていた。

4

夜が明けた。

野上は徹夜で張り込んでみたが、とうとう村瀬は戻ってこなかった。プリウスはレクサスの四十メートルほど後方に移してあった。寒さに耐えられなくなって、覆面パトカーを山王日枝神社の外周路に戻したのだ。

瞼が重い。頭もぼんやりとしている。野上はいったん帰宅して、仮眠を取ることにした。

野上はプリウスを発進させ、塒をめざす。

野上は自宅マンションに帰りつくと、すぐにベッドに潜り込んだ。三時間あまり泥のように眠った。

野上は熱めのシャワーを浴びて、伸びた髭も剃った。寝不足のせいか、食欲はなかった。ブラックコーヒーを飲んでから、野上は旧友を装って村瀬宅に電話をかけた。受話器を取ったのは、妻の真理だった。

予想通り、村瀬は自宅マンションに戻っていなかった。真理の話によると、夫のスマートフォンの電源は切られているという。村瀬は脅迫罪で緊急逮捕されることを恐れ、逃亡

を図ったにちがいない。

野上は午前十時半過ぎに自宅を出て、須賀敬太の塒に向かった。三十数分後に目的地に到着したが、ワンルームマンションの周辺は刑事だらけだった。

本庁機動捜査隊と所轄署は、須賀が篠誠一を殺害したとまだ疑っているようだ。須賀が何かを隠していると考え、探りを入れてみる気だった。しかし、須賀と接触することは難しそうだ。

野上は、東京国税局査察部の久米則久に会ってみることにした。チーフ査察官が村瀬の居所を知っている可能性は低いが、篠殺害事件の手がかりを得られるかもしれないと考えたのだ。

築地にある東京国税局に着いたのは、十一時四十分ごろだった。野上は受付で素姓を明らかにして、久米との面会を求めた。

受付ロビーで数分待つと、久米がやってきた。

「何かの間違いでしょ? わたし、事情聴取されるようなことはしてませんので」

「昨夜、こちらも山王日枝神社の境内にいたんですよ」

野上は小声で言った。久米が絶句して、顔を引き攣らせた。

「表に出たほうがいいでしょ?」

「は、はい。そのほうがありがたいですね。それにしても、まいったな」
「行きましょう」
 野上は先に歩きだした。数歩後から、久米が従いてくる。
 外に出ると、野上は国税局の横にある脇道に足を踏み入れた。人通りは少ない。立ち止まって、体を反転させる。
「刑事さんは、なぜ境内にいたんです?」
 久米が訊いた。
「村瀬雅也を尾行してたんですよ。ある殺人事件に関わってるかもしれないんでね」
「その事件の被害者は、ブラックジャーナリストの篠誠なんでしょ?」
「ええ、そうです。久米さんは、村瀬が篠を殺ったと思ってるのかな」
「それはわかりませんが、村瀬は篠の代理人のようなんで……」
「あなたは死んだ資産家の若妻の色仕掛けに嵌まって、相続税をぐっと圧縮させてやった。その礼として二千万円を貰ったんでしょ?」
「それは……」
「シラを切っても意味ありませんよ。こっちは暗がりで、あなたと村瀬の会話をすべて聞いてたんです。ICレコーダーに音声は録ってあります」

「わたしは収賄で逮捕されてしまうんですか?」
「こっちは汚職捜査担当じゃないから、協力次第では……」
「目をつぶってもらえる?」
「場合によっては見逃してやってもいいですよ。その前に資産家の若い妻だった女性に誘惑されたことは認めますね?」
「は、はい。彼女はミニスカートを穿いてて、何度も脚を組み替えたんですよ。パンティーを穿いてなかったんで、シークレットゾーンが丸見えだったんですよ」
「それで、劣情を催したわけか」
「そうなんですが、わたしは若妻にのしかかったりしてません。目のやり場に困ってると、彼女はわたしの足許にうずくまってスラックスのファスナーを一気に下げ……」
「オーラルプレイを受けた後、寝室に誘い込まれたわけか」
「わたしは、幾度も相手を手で制しました。そのたびに、彼女は性感帯を的確に刺激してきたんですよ。そんなことで、ついに拒めなくなって……」
「そこまでされたら、自制心は利かなくなるだろうな」
「わたし、愚かでした。寝室にはCCDカメラが仕掛けられてたんですよ。罠に嵌まってしまったんです」

「あなたは相続税を少なくする脱税テクニックを伝授して、二千万円の謝礼を受け取ったんですね?」

野上は確かめた。

「そうです」

「脱税した金額は?」

「約三億五千万ですね。資産家の若い妻が相続税を圧縮したことを他人に洩らすはずありませんから、おそらく税理士が篠誠に教えたんでしょう」

「篠は久米さんに二千万円をそっくり渡せと脅迫しただけではなく、査察の対象になってる企業や個人資産家のリストまで要求したんですね?」

「ええ、そうです。篠は自分の代理人の女性に後日、連絡させると言っていたのですが……」

「女性代理人からの連絡はなく、村瀬雅也から脅迫電話がかかってきたのか」

「そうなんです。二千万円は後でいいから、査察対象になってる法人や個人資産家のリストを先に渡せと言われたので、きのう、指定された山王日枝神社の境内に行ったんですよ」

「村瀬の言いなりになったら、あなたは身の破滅だと思った。そして、ネットの裏サイト

で私刑屋を見つけ、村瀬を半殺しにさせようとしたわけか」
「はい。そこまでやれば、村瀬はビビると思ったんですよ」
「フェイスマスクを被ってた男たちについても喋ってもらおうか」
「それぞれ佐藤、山本と名乗っていましたが、本名ではないでしょう。どちらも二十代の後半でしょうが、詳しいことは何も知りません。着手金として十万円ずつ渡しましたが、残りを請求してはこないでしょう」
「だろうね」
「刑事さん、篠を殺害したのは村瀬なんじゃないですか。村瀬は篠から恐喝材料を横奪りしたんじゃないだろうか。報復を恐れて、先に篠を始末したんでしょうね。篠が言ってた女性代理人がどこの誰かわからないが、その彼女は村瀬に寝返ったんだと思いますよ」
「その女性代理人は、村瀬の実の姉さんなんでしょう。しかし、その彼女は先月十四日に何者かに殺された」
「篠と何かで揉めたので、命を奪われることになったんじゃないですかね。篠にアリバイはあるんだろうか」
「実行犯が篠でないことは間違いないんですよ」
「だったら、篠が第三者に恐喝の共犯者の女性を葬らせたんだろうな。実行犯は村瀬はそのことを

「知って、篠を殺したんでしょ？　そんな気がします」
「そうなのかな」
「捜査に協力したんだから、もう職場に戻ってもいいでしょ？」
「甘いな」
「それ、どういう意味なんです？」
久米が高い声で問いかけてきた。
「こっちは現職の警察官なんですよ。あなたの犯罪に目をつぶるわけないでしょうが！」
「さっきの約束はどうなるんだっ。捜査に協力してくれたら、汚職の件は見逃してくれると言ったじゃないか」
野上は作り話を澱みなく喋った。
「久米さんは無防備に生きてきたんだな。だいぶ前から懐でICレコーダーが作動してるんですよ。二人の遣り取りはそっくり録音されてるだろう」
「汚い奴だ」
「緊急逮捕されたくなかったら、辞表を書いてから警察に出頭するんですね。資産家の若妻の現住所は？」
「世田谷区成城五丁目だよ」

「なら、成城署に出頭するんですね。警視庁捜査二課の知能犯係の係官に収賄のことを自供してもいいが……」

「終わった。わたしの人生は終わってしまった」

久米が虚ろな目で呟き、その場にうずくまった。

「自首すれば、少しは刑が軽くなるだろう」

「それが何になるっ」

「逃げたら、罪が重くなるよ」

野上は表通りに向かって歩きだした。

後ろで、久米が意味不明の言葉を発した。野上は振り返らなかった。路上に駐めたプリウスに乗り込み、六本木方面に向かった。野上は麻布十番の中華飯店で昼食を摂ってから、村瀬の自宅に車を走らせた。

『恵比寿スカイマンション』に着いたのは、午後一時数分前だった。

村瀬の妻は、まだ昼食を済ませていないかもしれない。野上は少し時間を遣り過ごすことにした。ゆったりと煙草を喫っていると、伏見刑事課長から電話がかかってきた。

「東京都監察医務院で司法解剖された篠誠の所見を入手した。死因は絞頸による窒息で、死亡推定時間は事件当日の午前九時五十分から同十一時の間とされた。その間、事件現場

の近くに設置された防犯カメラに須賀敬太の姿が映ってたわけだが、本人は犯行を強く否認した。で、所轄署は須賀を帰宅させた」
「須賀の家に行ってみたんですが、刑事だらけでしたよ」
「そうだろうね。検視官と同じように解剖医も、被害者は抵抗する間もなく殺されたんだろうと見立ててるな。索溝が深いことから、二、三十代の男が加害者なんだろう」
「そう判断するのは早計かもしれませんよ。いつかテレビで観たんですが、女性アームレスリングのチャンピオンはスレンダーな美女でしたからね。ボディービルダーの女性なら、並の男よりも握力は強いでしょう」
「そうなんだが、加害者が女なら、たいがい刃物を使うんじゃないか。絞殺犯の大半は男だ」
「ええ、そうですね」
「ところで、村瀬雅也はまだレクサスを放置したままなのか?」
「ええ」
 野上は前夜、張り込み中に伏見刑事課長に電話で経過を伝えてあった。
「そうか。東京国税局の久米チーフ査察官の不正につけ込んだことを野上君に覚られたからって、妻にも何も言わずに逃亡する気になるだろうか。村瀬は誰かに篠誠を始末させた

「その動機は?」
「姉の茜は篠の企業恐喝の片棒を担いでた。当然、篠が入手した恐喝材料を知ってたにちがいない」
「でしょうね。村瀬は恐喝材料を横奪りして、大企業から多額の口止め料をせしめる気になったのではないかってことなんでしょう?」
「そう。村瀬は姉の死に篠が絡んでるという心証を得たのかもしれないぞ。だとすれば、篠から恐喝材料をいただいて殺ってしまおうと考えるんじゃないかね。姉さんの夢を叶えてやりたいと思うだろうし、本人もカフェの経営をする気でいるんだ。事業資金を恐喝で工面するつもりなんじゃないのか」
「そうなのかもしれませんが、篠が村瀬茜の事件に関与していたという裏付けもないわけでしょ?」
「そうだな。それから、村瀬雅也が篠の死に関与しているという証拠は何もありません。わたしの勘はそう鈍っていないと思うが、臆測や推測に引っ張られるのはよくない。わたしの筋読みは頭の中から消して、きみの判断で捜査を進めてくれないか」
「そうさせてもらいます」
野上は通話を切り上げた。

プリウスを降り、『恵比寿スカイマンション』の集合インターフォンの前まで歩く。テンキーに手を伸ばして七〇三と押すと、村瀬真理の声で応答があった。
「渋谷署の野上です」
「ご苦労さまです」
「ご主人はいらっしゃいますか？」
野上は空とぼけて、そう問いかけた。
「あいにく外出しておりまして……」
「どちらにお出かけでしょう？」
「多分、青山の不動産屋さんに行ったんだと思います。カフェを経営する予定なので、いろいろ店舗を見て歩いてたんですよ。ようやく条件の適う物件が見つかったとかで、借りることになったんです」
「それはよかったですね。奥さんにも少しうかがいたいことがあるんですよ。七階に上がってもかまいませんか？」
「数分待ってもらえます？ いま、シューズボックスの中の靴を整理中で玄関が散らかってるんですよ」
「そういうことでしたら、数分後にお邪魔しましょう」

「大急ぎで片づけましたら、一階のオートロックを解除します」

真理の声が途絶えた。

野上はアプローチの両側に植えられた花を愛でてから、エントランスロビーに入った。

エレベーターで七階に上がる。

野上は七〇三号室のインターフォンを鳴らした。待つほどもなくドアが開けられた。

そのとたん、柑橘系の香りが室内から流れてきた。整髪料の匂いだろう。

「うっかり数十分前に洗面所で夫の整髪料の壜を落として割ってしまったんですよ。換気扇を回しっ放しにしたんですけど、まだ匂いますね」

「ええ、少し。小田原のご実家を訪ねたときは、ご主人、整髪料はつけてなかったな」

「帰省したときに義母から少し頭髪が脂臭いと言われたとかで、急にヘアトニックを使うようになったんですよ。わたしは別段、夫の頭が臭いと感じたことはなかったんですけどね」

「村瀬さんはまだ三十三歳ですからね、加齢臭とは無縁でしょ？」

「夫の母親は人一倍、嗅覚が鋭いんですよ。わたしが化粧品を変えたりすると、すぐにわかるんです。ですから、息子の頭髪か頭皮が臭く感じられたのでしょうね。どうぞお入りください」

「お邪魔します」
野上は三和土に入り、後ろ手にドアを閉めた。
「お上がりになってください」
「ここで結構です」
「そうですか」
真理が玄関マットの上に坐った。正坐だった。立ったままで喋るのは失礼だろう。野上は片膝を落とした。
真理がラックからスリッパを抜き取り、野上の膝頭に宛てがうよう勧めた。野上は恐縮しながら、スリッパを借り受けた。
「奥さんは気が利くんですね。ご主人はあなたに感謝してるでしょう」
「新婚時代はありがたがってくれていましたが、世話を焼きすぎたようです。最近はうっとうしがられるようになりました」
「罰当たりだな、うっとうしがるなんて」
「わたし、夫のネクタイまで結んでやってたんです。ソックスも履かせてあげてました。なかなか子供ができなかったんで、つい主人の世話をしてしまったんですよ。でも、夫は小さな子供ではありません。うっとうしくなるのは当たり前ですよね」

「あなたは村瀬さんに惚れ抜いてるんだろうな。それはそうと、ご主人の口から篠誠というブラックジャーナリストのことを聞いたことはありますか？」
「いいえ、ありません。ブラックジャーナリストというと、恐喝じみたことをしてるんでしょうね？」
「ええ、そうです。篠は村瀬茜さんが違法ビジネスを副業にしてることを嗅ぎつけて、企業恐喝の片棒を担がせてたようなんですよ」
「義姉は弱みにつけ込まれて、悪事の手伝いをさせられてたんですか!? 義姉は事業欲は旺盛でしたが、分別は弁えていました。とても信じられません」
「そうでしょうね」
「義姉は悪いことはもうしたくないと篠という男にははっきりと言ったことで、殺されてしまったのかしら。篠は義姉に都合の悪いことを知られてるわけでしょ？」
「そうなんですが、これまでの捜査では篠は一月十四日の事件には関わってないようなんですよ」
「そうなんですか」
「事件当日、篠にはれっきとしたアリバイがありました。したがって、実行犯ではあり得ません」

「でも、誰かに義姉を絞殺させた疑いはあるんじゃないでしょうか」
「ええ。しかし、篠が第三者に茜さんの口を塞がせた様子もなかったんですよ」
「それなら、事件にはタッチしてないんでしょうね」
「言いにくいことを話さなければならないんですよ」
「何でしょう？」
真理の表情が引き締まった。
「あなたのご主人は、篠が押さえた企業の不正や役員のスキャンダルを知ってるようなんです。亡くなった茜さんから恐喝材料を教えてもらったんでしょうね。それで、村瀬さんは恐喝相続人になったと疑えるんですよ」
「夫が恐喝を働いてると言うんですかっ」
「奥さん、落ち着いてください。ご主人が東京国税局のチーフ査察官の弱みにつけ込んで、大口脱税をしてる疑いのある企業や個人資産家のリストを手に入れようとしたことは事実なんです」
「それはいつごろのことなんです？」
「昨夜のことです」
野上は詳しいことを話した。

「夫は刑事さんを見て、慌てて逃げたんですか?」
「ええ。ご主人は昨夜、自宅には戻ってこなかったんでしょ? 午前中に知人に化けて電話をしたのは、実はわたしなんですよ」
「やっぱり、そうだったのね。聞き覚えがあるような声だと感じましたし、夫の知り合いに中村さんはいないと訝しく思ってたんですよ」
「怪しまれてたんですか。ところで、昨日の午前中、ご主人はどこでどうされていました?」
「わかりません。一昨日も夫は無断外泊したんですよ。スマホの電源も切られていましたんで、篠という男に追われてたのかもしれません。自宅に戻ったら、妻のわたしも危害を加えられる恐れがあると考えたんでしょう。夫はわたしを大切にしてくれていましたんでね」
「そうですか」
「あっ、もしかすると……」
真理が口に手を当てた。
「言いかけたことを喋っていただけますか」
「は、はい。夫は逃げ回ることに疲れて、逆襲に出たのかもしれないと思ったんです。だ

けど、主人が篠という男を殺すわけはありません。心根は優しいんですので、人殺しなんかできっこありません」
「奥さんは、『女子高生お散歩クラブ』の店長だった須賀敬太とは面識があります?」
「ええ、よく知っています。夫が何回も彼をここに連れてきましたので、わたしは手料理でもてなしましたんでね。須賀君がどうかしたんですか?」
「篠が殺害された現場には、須賀敬太の指紋や掌紋の付着した革ベルトが落ちてたんですよ。ベルトが凶器であることはすでに報道されましたが、指掌紋の件はまだ警察は発表してません」
「彼は疑われたんですか?」
「任意同行を求められて、所轄署で事情聴取されました。ただ立件材料が揃わないんで、帰宅を許されて代々木上原の自宅マンションにいるはずです」
「夫が須賀君に頼んで、篠という男を殺してしまったのかしら? そうだとしたら、わたし、主人を庖丁で刺して、自分も喉を⋯⋯」
「奥さん、早まったことはしないでください。話は飛びますが、あなた方ご夫婦は茜さんの大金を預かっていませんでした?」
「いいえ」

「あなたの義姉は、悪事の片棒を担いで篠誠から相応の分け前を貰ってたんです。そうした金で、茅ヶ崎の土地を四億数千万円で購入したんでしょう」
「お金は一度も預かったことないわ」
「そうですか。ご主人がまとまったお金を家に持ち帰ったことは、どうでしょう？」
「そういうこともありませんでした」
「そうなのか」
「刑事さん、夫を早く見つけ出してください。主人が篠殺しに関わってるとしたら、ブラックジャーナリストの仲間に殺されるかもしれないでしょ？」
「努力します。時間を割いていただいて、ありがとうございました」
野上は立ち上がって、スリッパの底の埃を手で払った。

第五章　驚愕の真相

1

二台の警察車輛が走り去った。
ようやく張り込みが解除されたようだ。午後九時過ぎだった。
野上はプリウスを発進させ、ワンルームマンションの前まで走らせた。須賀敬太は自分の部屋にいるにちがいない。
野上は車を降り、二階に駆け上がった。
二〇五号室のインターフォンを鳴らす。すぐスピーカーから須賀の声が流れてきた。
「どなたですか？」
「渋谷署の野上だよ。もう張り込みは打ち切られたから、風俗店に出かけても大丈夫だ

「そんな気にはなれませんよ。篠誠を殺したんじゃないかと警察に疑われてるんですから」
「おれは、そっちはシロと睨んでる。篠を殺った奴を突きとめてやるから、協力してくれないか」
「いま言ったこと、本当ですか?」
「ああ。真犯人がわかれば、そっちがもう張られることはなくなるだろう」
「いま、ドアを開けます」
「よろしく!」
野上は少し退（さ）がった。
待つほどもなくドアが開けられた。野上は二〇五号室に素早く身を滑り込ませた。
須賀は、やつれていた。顔色がすぐれない。所轄署で厳しく追及された上に張り込まれたことで、精神的にダメージを受けたのではないか。
「だいぶ参ってる感じだな」
「当たり前でしょ！　殺人犯扱いされた上に、自宅を張り込みつづけられてたんです。自分に犯歴があるからって、行き過ぎですよっ」

須賀が怒りを露わにした。
「頭にくるのはわかるが、そっちは村瀬雅也に頼まれて無灯火の車で篠誠を轢くような動きを見せていた。疑われても仕方ないんじゃないか」
「本気で撥ねる気なんかありませんでしたよ。篠をビビらせてくれと頼まれたんで、言われた通りにしたんだ。もちろん、村瀬さんだって篠を殺す気はなかったでしょう。お姉さんの分け前を払わせたかっただけだと思うな」
「そっちは、篠の事務所に行ったことは認めたらしいな。嘘はつけないと観念したわけか?」
「事務所に行ったことは認めますよ。けど、自分は革ベルトで篠を絞め殺してはいない。本当に本当なんだ。事件のあった朝、村瀬さんの代理人と称する者から電話があったんですよ。篠が未払い分の金を払うと言ってるから、事務所で受け取ってくれと……」
「そう言われたのか?」
「ええ、そうです。代理人は公衆電話を使って、ボイス・チェンジャーで声を変えていました。だから、年恰好の見当はつきませんでした。男だと思うけど、女だったのかもしれません」
「中性的な声に聞こえたってことだな?」

「そうです」

村瀬雅也は、なぜ代理人を使わなければならなかったんだ？　おかしいとは思わなかったのか」

「思いましたよ。だけど、村瀬さんの姉さんが貰える金の回収をおれにさせた証拠を残したくなくて、代理人を使ったんだろうと納得しちゃったんです」

「なるほど。で、篠の事務所に行ったわけか」

「そうです。エレベーターから出たら、ホールに篠が倒れてました。大声で呼びかけてみたんだけど、返事はなかった」

「そのとき、もう死んでると思ったんだな？」

野上は確かめた。

「ええ。床に革ベルトが落ちてたんで、絞殺されたんだろうと……」

「ベルトが自分の物だとは気づかなかったの？」

「気が動転してたんで、よくベルトを見なかったんですよ。後で自分の革ベルトと知って、ぞっとしました。誰かが自分を殺人犯に仕立てようとしてると直感したんです」

「そっちの指紋や掌紋が付着したベルトは、いつなくしたんだい？」

「記憶がはっきりしないが、去年の十一月か十二月ごろだったと思うな。自分、職場のロ

「なぜ、そうしてた?」

「大盛りを売りにしてる喰いもの屋で昼飯や夕飯を摂ったりするんですよ。穴を一つずらすと、今度は緩くなったりするんです。そんなことで、穴の位置が微妙に違う別のベルトを予備にロッカーに入れてあったんですよ。真夏は綿ベルトに交換してました」

「ベルトを交換したとき、誰かが遺留品をロッカーから盗み出して、そっちに濡衣を着せようと画策したのかもしれないな」

「そうなんですかね。『女子高生お散歩クラブ』の事務所には村瀬さんと自分しか出入りしてなかったから、おれのベルトを無断で持ち去った人間は……」

「村瀬雅也しかいないということになるな」

「そうなんですけど、自分は村瀬さんに頼まれて篠誠をビビらせてやったりしてたんです。別に恩着せがましいことを言うつもりはありませんが、村瀬さんは自分の存在をありがたいと思ってたでしょう」

「そうなんだろうが、村瀬は自分の悪事をそっちに知られてるよな。利用価値はあっても、そっちは都合の悪い人間でもあるわけだ」

「そうだろうけど、自分は村瀬さんの弱みにつけ入る気なんかなかった。割に目をかけてもらってたし、恵比寿のマンションでよく飯も喰わせてもらってましたからね。村瀬さんと酒を酌み交わして、何度か泊めてもらったこともあります。酔い潰れたりしても、村瀬さんはちょくちょく自宅に招いてくれました。奥さんも歓待してくれてましたよ」

「そこまで親しく接してたんだから、村瀬がそっちに罪を被せようなんて考えるはずはない?」

「そう思いたいな」

「しかし、村瀬は高級少女売春クラブで荒稼ぎできなくなったんで、カフェの経営を計画だった。現に空き店舗物件を見て回ってた。そのことは知ってたか?」

「知ってるどころか、自分をカフェの店長にしてくれるってことになってたんです」

「そうだったのか。なぜ、そのことをこっちに言わなかった?」

「別に他意はありません。そこまで話す必要はないと思ったんですよ。村瀬さんはお姉さんの遺志を継いでシェアハウスの経営に力を傾けたいんで、しばらくカフェのほうは自分に任せると言ってくれたんです。そんな村瀬さんがおれを殺人犯に仕立てるなんて考えられない」

「もしかすると、村瀬は何らかの形で篠の事件に関わってるかもしれないな。犯行動機が

「なんで村瀬さんは、篠誠を殺さなければならないんです？」

須賀が考える顔つきになった。

「村瀬雅也は姉さんの分け前が未払いのままであることで、篠と揉めつるんで企業恐喝を重ねてたんだが、共犯者を裏切ってた疑いもあるんだよ。姉の茜は篠とうんなんだよ。そのことを知った篠が村瀬姉弟に警告したか、命を狙ったかもしれないぞ」

「えっ、そうなんですか!?　村瀬茜さんは、どんな裏切り行為をしてたんです？」

「茜は篠に渡された恐喝材料を無断で使って、単独で企業から口止め料を脅し取ってたようなんだよ。そのことを知った篠が村瀬姉弟に警告したか、命を狙ったかもしれないぞ」

「そうなら、篠が誰かに茜さんを始末させたんじゃないのかな。いや、そんなことは……」

「が殺られる前に先に篠を片づける気になったのか。だから、村瀬さんは自分の疑いは拭えないだろうな」

「でも、村瀬さんまで篠に命を狙われたりしないでしょ？」

「命を狙われても仕方がないようなことをしてたんだよ。村瀬は姉さんが握ってる恐喝のネタ種を切札にして、東京国税局のチーフ査察官を脅迫し、査察対象になってる法人や個人資産家のリストを手に入れようとしてたんだ」

「その恐喝材料は、篠が茜さんに提供したんですか？」

「ああ、そうなんだろう。村瀬雅也が姉の恐喝相続人になって、大口脱税をしてる会社や資産家から多額の口止め料をせしめる気でいたことは間違いなさそうだな。昨夜から村瀬は姿をくらましてる」

「村瀬さんがおれのベルトで篠を絞殺して、逃走を図ったのかな。誰かに篠を殺らせることが発覚したら、弱みを握られたことになるでしょう？」

「そうだな」

「だから、村瀬さんは逃げたのか。でも、おれに濡衣を着せるとは思えないんですよね」

「話は飛ぶが、そっちが篠の絞殺体を発見したとき、あたりに整髪料の香りが漂ってなかった？」

「そう言われれば、柑橘系の香りがしましたね。あれはヘアトニックの匂いだったんだろうな」

「村瀬は最近、整髪料を使うようになってたのかな？」

「いや、使っていないと思います。少なくとも、以前はずっと使っていませんでしたよ」

「そう。奥さんの話だと、村瀬は自分の母親に髪の毛が脂臭いと言われたんで、整髪料を使うようになったらしい」

「そうなんですか。奥さんがそう言ってるんだったら、そうなんじゃないのかな」

「村瀬の自宅に整髪料があったことは確かだ。こっちが恵比寿の自宅マンションを訪ねたとき、室内にヘアトニックの匂いが充満してたんだよ」

「村瀬さん、整髪料を使いすぎたのかな?」

「そうじゃないんだ。奥さんが洗面所でヘアトニックの壜を落として割ってしまったとかで、柑橘系の香りが強く匂ってたんだよ」

「そういうことですか。でも、洗面所に整髪料のボトルがあったんなら、村瀬さんはヘアトニックを使うようになったんでしょう」

「そう思ってもいいんだろうが……」

「なんか引っかかってるみたいですね?」

「ちょっとな。それはそうと、村瀬夫婦の仲はどうなんだろう? こっちの印象では仲睦まじいと見えたんだ」

「夫婦仲はよかったですよ。自分が恵比寿の自宅に行ったときは、本当に仲がよさそうでした。子供がいないせいか、まだ恋人同士に見えるときもあったな」

「そう」

「だけど……」

「何だい?」

野上は聞き逃さなかった。
「村瀬さんはマスクが整ってて一分の隙もないようですが、案外、抜けてるとこがあるんですよ。平気で子供っぽい言い訳をするし、箸の使い方が下手なんです。だから、豆なんかをよく落としてました」
「そういうタイプの男は母性愛をくすぐるから、女にモテるんだろうな」
「ええ、そうなんですよ。逆ナンパというか、村瀬さんにモーションかけるクラブホステスもいました。村瀬さんは結婚してたけど、そうした女たちと浮気してたんじゃないかな。もちろん、奥さんにはバレないようにしてね」
「いまも浮気相手がいそうか？」
「いや、いないと思いますよ」
須賀が答えながら、目を逸らした。
「そっちは嘘をついてるな」
「自分、嘘なんかついてませんよ」
「村瀬の女性関係を正直に教えないと、殺人未遂で検挙するぞ」
「殺人未遂!?」
「そうだ。そっちは無灯火の車で明らかに篠誠を轢き殺そうとしてた。おれは事件現場に

いて、犯行現場ではっきりと目撃してたんだ」

「ちょっと待ってくださいよ。おれは村瀬さんに頼まれて、篠を轢く真似をして怯えさせただけですよ。そう言ったでしょうが！」

「いや、そっちには絶対に殺意があった。ジグザグに逃げた篠をめがけて車は猛進してた。おれがそう証言すれば、そっちは殺人未遂で起訴されるだろう」

「現職の警察がそんな嘘をついてもいいのかっ」

「おれが嘘をついたかどうかは、法廷ではっきりするだろう。とりあえず、そっちを地検に送致してもらうことにするか」

「や、やめてくれ！　村瀬さんは浮気してるよ」

「不倫相手の名は？」

「島村由奈という名前で二十五歳だよ。村瀬さんがよく買物をしてたセレクトショップの美人店員だったんだけど、一年数カ月前から……」

「村瀬に囲われてるんだな？」

「そうです。代官山の高級賃貸マンションに住まわせてもらって、ベンツのスポーツカーを乗り回してる」

「由奈が住んでるマンション名は？」

『代官山ロイヤルヴィラ』です。部屋は、確か八〇一号室だったな。村瀬さんは愛人宅に隠れてるんですかね?』

「そうなのかもしれないな。村瀬に余計なことを言ったら、そっちは殺人未遂で起訴されることになるぞ。そのことを忘れるな」

「わ、わかってます」

「邪魔したな」

野上は体の向きを変え、ドアのノブに手を掛けた。

2

集合インターフォンの前で足を止める。

『代官山ロイヤルヴィラ』だ。間もなく午後十時になる。

野上は八〇一号室のインターフォンを鳴らした。ややあって、スピーカーから若い女性の声が流れてきた。

『どちらさまでしょう?』

「『週刊トピックス』の記者です。夜分に申し訳ありませんが、取材に協力してもらえま

「せんか」
「取材って?」
「あなたは島村由奈さんでしょ?」
「ええ、そうですけど」
「ストレートに言います。あなたは、村瀬雅也の愛人ですよね」
「愛人じゃなくて、恋人と言ってほしいな。村瀬さんはそう遠くないうちに奥さんと別れて、わたしと結婚してくれると言ってくれたんですよ。奥さんには悪いけど、わたしたち二人は、いわゆるパトロンと愛人という関係じゃありません。彼、彼をかけがえのない男性だと思ってるんです」
「村瀬とは、なるべく早く縁を切ったほうがいいな」
「なぜです?」
「村瀬は恐喝を重ねてる。そのうち警察に捕まるだろう」
「えっ、そうなの!? 村瀬さん、彼は億単位の遺産が入ったと言ってたけど。去年の春に病死したお父さんは事業家だったと聞いてたんです」
「小田原の実家で暮らしてる父親は、年金生活者なんだ。事業家なんかじゃない」
「その話、本当なんですか!? なぜ彼は、わたしに嘘なんかついたのかしら?」

「悪いことをやってることをきみに知られたくなかったんだろうな。インターフォンで長い遣り取りをするわけにはいかないでしょうから、エントランスロビーまで降りてきてもらえませんか」
　野上は言った。
「教えてほしいことがあるので、八階まで上がってください。オートロックは、すぐに解除します」
「こんな時刻に部屋まで入り込むのは、失礼なんじゃないかな」
「ううん、かまいません。エントランスロビーで話し込んでいたら、このマンションの入居者に遣り取りを聞かれてしまうかもしれないでしょ?」
「わかりました。それでは、あなたの部屋に伺います」
「そうしてください」
　由奈の声が熄んだ。
　野上はエントランスロビーを斜めに進み、エレベーターに乗り込んだ。八〇一号室のドアをノックすると、島村由奈が応対に現われた。
　女優のようにセクシーだった。肢体もセクシーだった。
　野上は玄関先で聞き込みをするつもりだったが、リビングに通された。間取りは２ＬＤＫだが、各室が広かった。

由奈は野上をソファに坐らせると、手早く日本茶を淹れた。ひとり分だった。湯呑み茶碗を野上の前に置き、向かい合う位置に坐る。

「実は週刊誌の記者じゃないんだ」

野上は警察手帳を呈示し、苗字だけを教えた。由奈が緊張した顔つきになった。

「きみは、村瀬の姉の茜が先月中旬に絞殺されたことは知ってるね?」

「は、はい。彼のお姉さんには一度会っています。村瀬さんを交えて、三人で食事をしたんですよ。確か去年の五月ごろでした」

「そのとき、きみは姉弟に何か頼まれなかった?」

「頼まれました。村瀬さんのお父さんが生前に自宅に隠してあった現金をしばらく預かってもらえないかと……」

「相続税を少なくしたいとか言ってたんじゃないのかな」

「ええ、その通りです」

「さっき言ったように、姉弟の父親はまだ存命なんだよ。村瀬茜は、篠誠というブラックジャーナリストとつるんで企業恐喝を重ねてたんだ。自分の分け前の金をきみに預けたにちがいない。現金を運んだのは、茜本人だったのかな?」

「いいえ、弟の村瀬さんが数千万円ずつ運んできました。札束を数えたりするなと村瀬さ

「その金は、茜が企業恐喝で得た金だろう。村瀬茜が殺され、恐喝の共犯者だった篠も何者かに命を狙われた」

「村瀬さんがお姉さんのお金を横奪りする気になったんでしょうか。ううん、そうじゃないわね。茜さんは茅ヶ崎の土地を購入するとかで、弟に四億数千万円を運び出させましたから」

「村瀬が姉のダーティー・マネーを奪った疑いはないと思う。茜は篠と分け前を巡って揉めてたんだ」

「それなら、恐喝の共犯者が茜さんを誰かに殺させたんじゃない?」

「捜査本部もそう推測して篠をとことん調べ上げたんだが、茜殺しには関与してないようだったんだ」

「そうなんですか」

「村瀬が姉の事件に絡んでる疑いはなかった。しかし、篠の事件に関わってるかもしれないんだ」

野上は言った。

「わたしは預かったお金を納戸とウォークイン・クローゼットの二カ所に入れておきました」

んに何度も言われましたので、

「村瀬さんがどうして篠というブラックジャーナリストを殺さなければならないんですか?」
「篠は茜に払う約束だった三千万円をいっこうに渡さなかったんだよ。そうこうしてるうちに、茜は殺害されてしまった。それで、故人の弟が姉の分け前を払えと篠に迫ってたんだよ」
「それでも、篠は未払い分をきれいにしなかったんですね?」
「そうなんだよ。それには、なんか理由がありそうなんだ」
「どんな理由があるんでしょう?」
「篠は企業の不正や役員たちのスキャンダルの証拠を村瀬茜に渡して、恐喝相手と商談させてたんだ。村瀬は姉が死んでから、恐喝相続人になったようなんだよ。つまり、姉が篠から預かってた恐喝材料の残りを使ってこっそり強請を働いてた疑いが濃いんだ」
「彼は『女子高生お散歩クラブ』でだいぶ儲けたと言っていましたが……」
「村瀬はダミーの経営者だったんだ。本当のオーナーは姉さんだったんだ。優遇はしてもらってただろうが、村瀬の貯えだけではきみに贅沢はさせられない。茜が殺されてから、村瀬は恐喝で荒稼ぎしてたんだろう。きみは村瀬の金も預かってたんじゃないのか?」
「いいえ」

由奈が首を横に振った。
「なら、村瀬が恐喝で得た金はどこに隠されてるのか」
「わたしは知りません。高い家賃を払ってもらって、ベンツのスポーツカーも買ってもらったから、彼が違法な手段で大金を得てるのかもしれないと思ったことはあります。でも、本当にお姉さん抜きで村瀬さんに頼まれてお金を預かったことは一度もありません。どうか信じてください」
「そうなのか。村瀬が姉の遺志を継いでシェアハウスを経営する気でいることは知ってるね?」
「ええ、聞いていました。工事をすでに発注したことも知っています。シェアハウスのほうで儲ける気はないので、並行してカフェも経営するつもりだという話も……」
「そう」
「村瀬さんは、篠というブラックジャーナリストを誰かに殺させたんでしょうか」
「そう疑えなくもないんだが、ちょっと不自然な点があるんだ」
「不自然な点というのは……」
篠誠は革ベルトで絞殺されたんだが、凶器には『女子高生お散歩クラブ』の店長だった須賀敬太の指紋と掌紋が付着してた。その革ベルトは、死体の近くに遺されてたんだよ。

村瀬が目をかけてた須賀に篠を殺らせたんだとしたら、あまりにも無防備だろう?」
「ええ、そうですね。犯人が自分の指紋付きのベルトを犯行現場に置き去りにするなんて、常識では考えられません」
「そうだな。捜査本部は須賀に任意同行を求めて、厳しく取り調べた。須賀は犯行を強く否認したんで、その日のうちに帰宅を許されたんだ」
「そうですか。元店長は、村瀬さんに篠という男を殺してくれと頼まれたと言ってるのかしら?」
「いや、そういうことはなかったと言ってる」
「それなら、村瀬さんは殺人依頼はしてないんでしょう。誰かに恨みがあって、殺人事件の犯人に仕立てようとしたんじゃないのかな」
「わたしは、そう思いますよ。村瀬さんがスマホの電源を切ったままなんで、わたし、訝しく思ってたんですよ。でも、刑事さんの話を聞いて合点がいきました」
「単刀直入に訊くが、きみは村瀬の潜伏先を知ってるんじゃないのか?」
「いいえ、知りません。中古の別荘なら安く買えるから、そのうち伊豆高原あたりにセカンドハウスを購入したいと彼が洩らしたことはありましたけどね。でも、別荘を手に入れ

「たという話は聞いていません」
「そう言ってたのは、いつごろだった?」
野上は問いかけた。
「去年の十一月ごろでした」
「まだ茜が生きてたころか。村瀬雅也は女子高生を買ってた客の男たちから口止め料をせしめてたのかもしれないな」
「JKリフレのビジネスが摘発で廃業に追い込まれたことは聞いていましたが、まさか上客たちを強請ったりしていないでしょう。彼は、村瀬さんはそこまで悪党じゃないわ」
「きみがそう思いたい気持ちはわからなくないが、実は強(したた)かな男なんじゃないのか。ところで、村瀬は妻の真理とは仲睦まじいと思ってたんだが、実際は夫婦の仲は冷えてたのかな」
「村瀬さんが奥さんをけなしたことは一度もありません。それどころか、誉(ほ)めてましたよ。でも、わたしのほうが好きなんで……」
「離婚すると言ってたのか」
「ええ。奥さんが悪いわけじゃないんで、五千万円以上の慰謝料を払うつもりだと彼は言ってました」

「そう。真理さんは夫の不倫に気づいてるんだろうか」

「彼は、まだバレてないはずだと言っていました。だけど、もしかしたら、もう覚えてるのかもしれません。女性の勘は鋭いですから」

「そうだね」

村瀬さんが恐喝で捕まったら、わたしはどうなるんだろう？」

由奈が不安そうに呟いた。

「きみは村瀬の二度目の妻になりたいと考えてるんだろうが、別れたほうがいいな」

「そんなことできません」

「どうして？」

「まだお腹は目立ちませんけど、わたし、妊娠二カ月半なんです。もちろん、村瀬さんの子供ですよ。彼は奥さんと別れるまでバース・コントロールしようと言ってたんです。だけど、わたしは少しでも早く後妻になりたかったから、こっそりスキンに針で穴を空けておいたんです」

「女は怖いな。村瀬は、きみが孕んだことを知ってるのか？」

「いいえ、知りません。もう少し経ったら、打ち明けるつもりです」

由奈が口を閉じた。

野上は緑茶を喉に流し込んだ。　湯呑みを茶托に置いたとき、寝室でスマートフォンの着信音が響いた。

「電話に出てかまわないよ」

「そうですか。すみません」

由奈がソファから立ち上がり、寝室に駆け込んだ。ドアが閉められる。

野上はリビングソファから静かに立ち上がり、忍び足で寝室に近づいた。ドアに耳を押し当てる。

「雅也さん、いったい何があったの？」

由奈が小声で問いかけた。

当然ながら、通話相手の声は野上の耳に届かない。相手が当の村瀬かどうかは確かめようがなかった。由奈が演技をしている疑いもあった。

野上は耳に神経を集めた。

「ええ、信じるわ。雅也さんは誰にも篠という男を殺させてないのね？」

「…………」

「よかった。それなら、何も逃げることはないと思うけど」

「…………」

「お姉さんが篠から渡された大企業や個人資産家のデータを使って恐喝をしてたのね」

「……」

「そうなの。そういうことなら、当分、身を隠してたほうがいいでしょうね。いま、どこにいるの?」

「……」

「ええ、いいわ。必要な物を揃えて、すぐに届けてあげる」

「……」

「警察の人? 実は刑事さんが来てるの。そう、野上という男性よ。あなたと連絡がとれなくなったと答えただけで、余計なことは言ってないわ」

「……」

「ええ、すぐに帰ってもらうわ。大丈夫よ、覚られないようにするから」

「……」

「三十分ほど経ってから出発すればいいのね? はい、わかりました。それじゃ、後で!」

 由奈が電話を切った。

 野上は抜き足でリビングソファに戻り、湯呑み茶碗を摑み上げた。ちょうどそのとき、

寝室のドアが開けられた。
「実家の母からの電話でした。父が心筋梗塞で救急病院に運ばれたんで、すぐに入院先に来てくれないかって」
「それは心配だね。すぐに行ったほうがいいな。実家はどこにあるの？」
「千葉県の松戸市です」
「そう。急いで入院先に向かいなよ。協力、ありがとう」
「気にしないでくれないか。お邪魔しました」
「追い出すようで、ごめんなさいね」
野上はソファから立ち上がり、玄関ホールに向かった。八〇一号室を出て、エレベーターで一階に降りる。
野上はプリウスに乗り込むと、車を少し移動させた。すぐにライトを消し、エンジンも切る。
数分後、私物のスマートフォンに着信があった。野上はスマートフォンを摑み出し、ディスプレイに目をやった。電話をかけてきたのは高梨沙也加だった。
「社会部の記者たちにそれとなく探りを入れてるんだけど、新情報はまだキャッチできないの」

「無理をしなくてもいいよ。少しだけ捜査が進んだんだ」

野上はそう前置きして、経緯を語った。

「篠誠は村瀬茜の事件ではシロだと断定してもいいでしょうね。でも、その篠が何者かに殺害された。遺留品の革ベルトには須賀敬太の指紋と掌紋が付着してたけど、『女子高生お散歩クラブ』の元店長は濡衣を着せられた。謙さん、そういうことよね?」

「そう」

「現場に遺留品があったのは確かにわざとらしいけど、須賀は鳥居坂の夜道で篠を撥ねる真似をしたんでしょ?」

「そうなんだ」

「本当に無灯火の車でブラックジャーナリストを轢く真似をしただけなのかしら? ジグザグに逃げた篠をさんざん怖がらせてから、最終的には轢き殺す気だったんじゃない? そのへんはどう感じたの?」

「須賀が篠を殺害する気でいたんなら、S字走行なんかしなかっただろう。そんなことをしてたら、誰かに目撃されるかもしれないからな」

「ええ、そうよね。篠を殺す気なら、猛スピードで撥ねて逃走するでしょうね。村瀬は須賀に、篠にたっぷりと恐怖を与えてくれと頼んだだけなのかもしれ

「ないわよ」
「そうなんだろう」
「ただ、篠の事件現場には須賀のベルトが遺留されていたのよね。須賀が凶器を遺したとは考えにくいから、誰かが元店長の仕業に見せかけようとしたことは間違いないんじゃない？」
「おれも、そう筋を読んだんだ。村瀬雅也が須賀を篠殺しの犯人に仕立てようと細工をした疑いはあるが、果たしてそうだったのか」
「謙さんは、篠殺しの首謀者は村瀬雅也ではない気がしてるんでしょ？ 遺留品が作為的だものね」
「そうなんだ」
「だけど、須賀の指掌紋が付着した革ベルトを入手できる人間は村瀬雅也しかいないんでしょ？」
「だろうな。村瀬がこっそり手に入れたベルトを自宅マンションにしばらく置いといたとしたら、奥さんの真理も細工できなくはないが……」
「奥さんが須賀を殺人犯に見せかけなければならない理由なんてないんでしょ？」
「ああ、それはな」

「消去法でいくと、須賀に濡衣を着せようとしたのは村瀬雅也ということになるわね。村瀬は姉弟の悪事をいろいろ須賀に知られてるんで、殺人犯に仕立てる気になったのかしら？」
「科学捜査で、須賀が篠を使うとは考えにくいようなトリックを村瀬が使うとは考えにくいな」
「そうね。謙さん、村瀬茜は篠が密かに雇った殺し屋に殺られたんじゃない？」
「これまでの捜査では、篠が第三者に『フォーエバー』の美人社長を始末させた気配はうかがえないんだよ」
「肝心の村瀬茜の事件の加害者がはっきりすれば、篠殺しも解明できるんでしょうけどね。島村由奈を尾行して、うまく村瀬の隠れ家を突きとめられるといいわね。謙さん、頑張って！」
　沙也加が通話を切り上げた。
　野上はスマートフォンを懐に戻し、紫煙をゆったりとくゆらせた。『代官山ロイヤルヴィラ』の地下駐車場から白いスポーツカーが走り出てきたのは十数分後だった。
　ハードトップで車内は密室状態になっていたが、街灯でドライバーは確認できた。島村由奈だった。

野上はベンツSL600が遠のいてから、プリウスを発進させた。
ドイツ製の高級スポーツカーは第三京浜をひた走りに走り、国道十六号をたどりはじめた。
尾行に気づかれた様子はうかがえない。
野上は細心の注意を払いながら、ドイツ車を追尾しつづけた。ベンツは三浦半島を回り込み、観音崎の先の鴨居で右折した。
そのまま丘陵地の頂まで登り、別荘風の造りの戸建て住宅の前で停まった。由奈は慌ただしくベンツを降り、トランクルームからキャリーケースを取り出した。
野上はベンツの三十メートルほど後方にプリウスを停止させ、手早くライトを消した。エンジンも切る。
由奈がキャリーケースを引きながら、山荘風の建物の敷地に入った。野上は車を降り、勢いよく走りだした。
別荘風の建物に達したとき、家の中で男の悲鳴が響いた。由奈がポーチに立ち、玄関のドアに手を伸ばしたところだった。
野上はポーチに駆け上がった。
「あ、あなたは……」
由奈が驚きの声を洩らした。

「きみの車を尾けてきたんだ。村瀬はこの家の中にいるんだな?」
「ええ。知り合いのセカンドハウスらしいんですよ。彼の悲鳴がしたんで、何かあったようです」
「きみは、ここにいてくれ」
野上は言い置き、ノブに手を掛けた。施錠されていない。
「おい、何があったんだ?」
野上は土足のまま、玄関ホールに上がった。
そのとき、右手の部屋から黒ずくめのやや小柄な男が飛び出してきた。口髭をたくわえ、黒いキャップを目深に被っていた。両手に手術用の手袋を嵌めている。
よく見ると、不審者は右手に外科手術用のメスを握っていた。鮮血に染まっている。
「村瀬に何をしたんだ? メスを捨てろ! 警察だ」
野上はショルダーホルスターからシグP230Jを引き抜いた。
安全装置を外したとき、黒ずくめの男が身を翻した。部屋に逆戻りし、サンデッキに逃れた。
フロアには、村瀬雅也が仰向けに倒れている。首から血糊が溢れていた。頸動脈をメスで掻っ切られたにちがいない。村瀬はまったく身じろぎしなかった。すでに絶命してい

るのだろう。

野上はサンデッキに走り出た。

広い庭には傾斜がついている。村瀬をメスで殺したと思われる黒ずくめの男は傾斜地を駆け降り、右手の雑木林の中に走り入った。

野上は懸命に追った。

雑木林の中に分け入り、小型懐中電灯のスイッチをオンにする。あちこち照らしてみたが、人影は目につかない。

野上はライトの光で足許を照らしながら、雑木林の端まで進んだ。だが、怪しい者はどこにもいなかった。

野上は歯嚙みして、獣のように吼えた。

3

閲覧室は混雑していた。

横須賀市内にある法務局出張所だ。閲覧希望者の大半は不動産会社の社員か、司法書士だろう。野上は閲覧申込書に記入しはじめた。

村瀬雅也が殺害された翌日の午前十一時過ぎだ。前夜、野上は事件現場に戻ると、まず島村由奈を東京に戻させた。それから、別荘風の家屋の中をくまなく検べた。

すると、屋根裏部屋に札束が隠されていた。総額で一億四千二百万円だった。野上は現金の一部を勝手に押収したい衝動に駆られた。そうすれば、事件に関わりのある者たちの指紋や掌紋を採取できる。

だが、すぐに思い留まった。昔から警視庁と神奈川県警は張り合ってきた。支援捜査員の自分が三崎署管内の事件現場から無断で〝捜査資料〟として札束を持ち去ったことが発覚したら、確執の因になるだろう。

野上は屋根裏部屋から離れ、階下の居間にある固定電話で一一〇番通報した。もちろん、素手では電話に触れなかった。布手袋で玄関のドア・ノブを入念に拭う。事件関係者の指紋も消すことになったが、やむを得なかった。野上は家の外に出た。

門柱には、藤堂と記された表札が掲げてあった。その名を頭に叩き込み、野上は急いで現場から離れた。

三崎港近くにあるホテルに一泊し、早朝から部屋のテレビでニュースを観た。ネットニュースもチェックした。鴨居の藤堂の別宅で殺人事件があったことはマスコミで報じられたが、詳しいことは伝えられていなかった。

まさか三崎署を訪ねるわけにはいかない。そんなことで、野上はチェックアウトしてから、この法務局出張所にやってきたのである。

閲覧申込書を職員に渡し、六、七分待った。

野上は職員に名前を呼ばれ、藤堂名義の土地・家屋の登記簿を閲覧した。所有者のフルネームは藤堂和馬で、現住所は大田区田園調布二丁目になっていた。

野上は必要なことをメモし、法務局出張所を出た。駐車場に置いたプリウスに乗り込み、ノートパソコンを開く。

野上は、すぐに藤堂和馬で検索した。ウィキペディアに載っていた。藤堂は私立総合病院『救心医療センター』の理事長兼院長で、六十二歳だった。『救心医療センター』は世田谷区奥沢一丁目にある。

野上はノートパソコンを閉じ、セブンスターをくわえた。

仕事面で藤堂と村瀬雅也に接点があったとは思えない。それなのに、なぜ村瀬は藤堂のセカンドハウスと思われる山荘風の建物に身を潜めていたのか。

屋根裏部屋にあった大金は、藤堂の隠し金なのか。藤堂が別宅に村瀬を匿うとは思えないが、何か事情があったのかもしれない。

村瀬は姉が切札にするつもりでいた恐喝材料を使って、『救心医療センター』の理事長

兼院長を脅迫したのだろうか。

財を成した男たちは、たいがい女好きだ。藤堂に若い愛人がいたとしても、少しも不思議ではない。村瀬は藤堂の下半身スキャンダルの証拠をちらつかせて、一億四千二百万円を脅し取り、さらに別荘も乗っ取る気でいたのだろうか。

いくら富裕層のドクターとはいえ、女性問題で億以上の口止め料を払うものだろうか。それは考えにくい。恐喝材料は、医療ミスだったのではないか。

医療事故が公 (おおやけ) になったら、大きな公立病院でさえ患者数がぐっと減るだろう。私立総合病院なら下手すると、廃院に追い込まれてしまうかもしれない。

ブラックジャーナリストの篠誠は『救心医療センター』が医療ミスを隠蔽したことを嗅 (か) ぎつけ、村瀬茜に強請らせる気でいたのではないだろうか。しかし、茜は藤堂に揺さぶりをかける前に何者かに絞殺されてしまった。

村瀬雅也は、姉の遺品の中に医療ミスに関する証拠が混じっているのに気づいた。亡くなった茜は、篠から分け前の三千万円を貰っていない。回収することは難しそうだ。村瀬はそう考えた。村瀬は藤堂から多額の口止め料を脅し取ったのではないだろうか。

いずれ藤堂のセカンドハウスもいただくつもりでいたので、汚れた大金を屋根裏部屋に隠してあったのかもしれない。

村瀬は、口髭を生やした黒ずくめの男に外科手術用のメスで頸動脈を切断されて死んだ。

藤堂が『救心医療センター』の若い勤務医に村瀬を葬らせたのか。

野上は煙草を灰皿の中に突っ込み、さらに推測しつづけた。

藤堂和馬は元刑事の探偵でも雇って、脅迫者の村瀬の背後関係を調べさせたのかもしれない。その結果、村瀬茜と篠誠が浮かび上がった。

医療ミスを知った三人の口を塞がなければ、際限なく強請られることになるだろう。藤堂は心理的に追い込まれ、茜、篠、村瀬雅也の三人を犯罪のプロに片づけさせようとしたのか。もっとも、茜はその前に何者かによって殺された。

そう疑えるが、なぜか凶器は革紐、ベルト、メスとそれぞれ異なる。捜査当局に同一犯の仕業ではないと思わせたかったのだろうか。

野上はそこまで考え、引っかかるものを覚えた。村瀬のケースだけ凶器にメスが選ばれている。

加害者が医療関係の仕事に携わっている人間と見抜かれることは考えなかったのだろうか。開き直ったとは思えない。そのことが謎だった。

野上は車のスタートボタンを押した。その直後、伏見刑事課長から電話がかかってきた。前夜、エンジンが始動しはじめた。

野上は村瀬雅也が殺されたことを電話で報告してあった。
「三崎署の刑事課長から少し情報を引き出せたよ。村瀬が潜伏してたのは、病院経営者のセカンドハウスだった」
「こっちも、それは調べ上げました。藤堂和馬の別荘でしたよ。表札に藤堂と出てたんで、横須賀の法務局出張所で所有者を調べたんです」
「さすが仕事が早いね。それじゃ、藤堂の自宅が田園調布にあることも……」
「ええ、わかっています。経営している『救心医療センター』の所在地も調べました」
「そうか。初動の聞き込みで、去年の十二月中旬ごろから持ち主の藤堂は何度か被害者を別荘に招き入れてることが明らかになったそうだ。きみの報告だと、屋根裏部屋に一億四千二百万円が隠されてたということだったね?」
「ええ。おそらく隠されてた大金は、村瀬雅也が藤堂から脅し取った口止め料の類(たぐい)なんでしょう。村瀬は別荘の所有権も自分に移転する気だったようで、自由に使ってたみたいですね」
「藤堂は大金を吐き出させられた上、セカンドハウスも奪われることになったようなのか。よっぽど女癖が悪いんだろうな」
「女性関係のスキャンダルでは、そこまでたかれないと思います。まだ確証は得ていない

んですが、藤堂は医療ミスを恐喝の種(ネタ)にされてたのかもしれません」
　野上は言った。
「それ、考えられるね。下半身スキャンダルの口止め料にしては額がでかすぎるからな。野上君の推測は正しいんだろう。医療事故が明るみに出たら、それこそ致命的だ。私立の総合病院なんかぶっ潰れてしまうにちがいない」
「でしょうね」
「医療事故の揉み消しができるなら、億単位の口止め料を払う気になるだろう。セカンドハウスだって、脅迫者にくれてやるんじゃないか」
「ええ、破滅は避けたいでしょうからね」
「まだ司法解剖の所見は出てないんだが、凶器は外科手術用のメスだと断定された。藤堂院長が弟子筋に当たる若いドクターか誰かに脅迫者の村瀬を殺らせた疑いはあるな。犯行現場で見かけた加害者は、口髭を生やしてたんだったね?」
「ええ」
「犯行後、髭を剃ったかもしれないが、そいつが誰かわかりそうだな。野上君、すぐに奥沢の『救心医療センター』に行ってみてくれないか」
　伏見が電話を切った。

野上は、刑事用携帯電話を所定のポケットに戻した。シフトレバーに手を掛けたとき、今度は私物のスマートフォンが震動した。発信者は検察事務官の岩佐だった。
「昨夜、村瀬雅也が殺られましたね」
「ああ。実はおれ、事件現場にいたんだよ。それでな、犯人を追ったんだ。しかし、逃げられてしまった」
野上は経過をつぶさに喋った。
「メスで村瀬の頸動脈を搔っ切ったのは、外科医なんじゃないのかな。多分、『救心医療センター』の勤務医なんでしょう。理事長を兼ねた院長は村瀬にたかられつづけたら破滅だと思い詰めて、逆襲に出たんでしょうね。藤堂和馬は、どんな弱みを握られてたんでしょう？ 医薬品の横流しをしてたんでしょうか。あるいは、製薬会社からリベートを貰ってたんですかね。それとも、女性問題の不祥事を知られてしまったのか」
「こっちは、『救心医療センター』で医療事故があったと睨んでるんだ。しかし、それを藤堂は隠したんじゃないだろうか」
「医療事故ですか。先輩、考えられますね。かつて関東の大学病院が腹腔鏡手術で肝臓切除に失敗して、八人もの患者を死亡させました」
「そうだったな。横浜の公立医大は、心臓と肺の手術予定の患者を取り違えるミスをして

しまった。それから二〇一〇年三月には、ある大学病院が、厚労省が当時認めていたカフェイン併用化学療法を受けてた骨肉腫の少女を急性心不全で死なせた」
「その医療事故のことははっきり憶えてます。先進医療として話題になったカフェイン併用化学療法の治療法に問題があったとして、遺族が治療に関わった医師ら三人を業務上過失致死容疑で石川県警に告訴しましたんで」
「医療ミスの多くは、内部告発で露見してるようだ。ブラックジャーナリストの篠は何らかの方法で、『救心医療センター』の医療事故のことを知って証拠を押さえ、村瀬茜に揺さぶりをかけさせる気だったんだろう」
「だが、茜は先月の十四日に殺害されてしまった。弟が亡くなった姉の遺品の中に恐喝材料があることに気づいて、藤堂和馬から億単位の口止め料を脅し取った。そう筋を読めば、先輩、昨夜の事件の首謀者は藤堂だと……」
「そう考えてもよさそうだな」
「凶器は違いますが、藤堂は村瀬茜や篠誠の死に深く関わっていると思います。実行犯はそれぞれ異なるのかもしれませんけどね」
「そんなふうに疑えるんだが、村瀬雅也だけメスで殺されてる。前の二件は凶器は違っても、同じ絞殺だった」

「ええ。村瀬姉弟の弟だけメスで殺害されました。先輩は、その点に引っかかってるんですね?」
「そうなんだ。三件の殺人事件に藤堂が絡んでる疑いは濃いんだが、外科手術用メスが凶器に使われたことに……」
「何か作為を感じてしまうんでしょ?」
　岩佐が確かめた。
「その通りだ。考えすぎかもしれないが、ことさら藤堂が怪しいと強調してるようにも受け取れる」
「言われてみれば、確かに。真犯人が藤堂を一連の殺人事件の黒幕に見せようと細工したとも……」
「そうなんだよ」
「お言葉を返すようですが、藤堂は開き直ったのかもしれませんよ。自分が直に手を汚したわけじゃないんでしょうから、捕まっても殺人教唆罪で起訴されるだけだと考えて……」
「死刑にはならなくても、何もかも失うことになるんだぞ。私立総合病院のオーナー院長がそこまで開き直れるか。ひょっとしたら藤堂は濡衣を着せられたのかもしれないな」

「そうなんでしょうか。ぼくは、『救心医療センター』で致命的なミスがあったんだと思います。そのことで強請られたんで、藤堂は反撃に出たんでしょう」

「そうなんだろうか」

「『救心医療センター』に医療ミスがあったかどうかを確かめる必要はあるんじゃないですか。厚労省に医療事故について内部告発が寄せられてます。職員に知り合いがいますので、探りを入れてみますよ」

「そうしてくれるか。岩佐、東京地検特捜部にも各種の告発が寄せられてるんだろ？」

「ええ。関係官庁やマスコミに内部告発をしても取り合ってもらえない場合は、東京地検特捜部に告発・告訴をする者もいるんですよ。数は、それほど多くありませんけどね」

「岩佐、『救心医療センター』の医療スタッフの誰かが特捜部に医療ミスがあったと内部告発してないかチェックしてみてくれ」

「わかりました」

「頼むな」

野上は通話を切り上げ、プリウスを走らせはじめた。主要道路はところどころ渋滞していた。

目的の私立総合病院を探し当てたのは、午後一時半ごろだった。六階建てで、ホテルの

ような外観だ。野上は専用覆面パトカーを『救心医療センター』の五、六十メートル先のガードレールに寄せた。すぐにプリウスを降り、私立総合病院を訪れて総合受付カウンターに歩み寄る。
「どうされました？」
四十代半ばの女性職員が穏やかに声をかけてきた。
「体調を崩したわけじゃないんです。きょうは、お礼に伺ったんですよ」
「どういうことなのでしょう？」
「先日、急にめまいに襲われて病院の近くでうずくまっていたら、白衣姿の男性が急患として受け入れてあげると親切に抱え起こしてくれたんですよ。口髭をたくわえたドクターでした。三十歳前後だったと思います」
野上は、とっさに思いついた嘘を滑らかに話した。
「口髭を生やしたドクターはひとりもいませんよ」
「えっ、そうなんですか。臨床検査技師か、放射線技師だったのかな」
「医療スタッフの男性は誰も髭は生やしていません」
「でも、その方はこの病院の中に入っていきました。こちらのスタッフの方なんだと思いますがね。院長にお目にかかって、一言礼を言いたいな」

「院長は仙台に出張していて、当院にはいません」
「泊まりがけの出張なんですか?」
「いいえ、夜には帰京する予定です。秘書に取り次ぐことは可能ですけど……」
「出直すことにします」
「そうですか」
相手が視線を手許の書類に落とした。
野上は一礼し、カウンターに背を向けた。表に出て、プリウスの運転席に乗り込む。その直後、沙也加から電話がかかってきた。
「謙さん、村瀬雅也が殺されたわね。これで、村瀬茜、篠誠、村瀬雅也の三人が連続して殺害されたことになる。三つの事件はリンクしているにちがいないわ」
「そうだろうな。実は、村瀬雅也の頸動脈をメスで切断して逃走した加害者を追ったんだ。雑木林に逃げ込まれたんで、見失ってしまったが」
野上は経緯を話した。
「そうだったの。今朝、法務局出張所に行って、事件現場の家の所有者が『救心医療センター』の藤堂院長だと調べ上げたのね。少しがっかりだわ。報道局社会部が犯人の割り出しを急いでいることを知ったんで、謙さんに教えてあげようと思ってたの。でも、もう知っ

「沙也加の気持ちは嬉しいよ。でも、自分の仕事を後回しにしないでくれ」
「ルーティンワークはちゃんとこなしてるから、心配しないで。それより、逃げた男は藤堂の弱みにつけ込んで、口止め料をたっぷりせしめてたんじゃない? 村瀬雅也は藤堂医療センター』で働いてる医師なんだと思うわ。藤堂はスピード出世させてやるとかなんとか言って、若手ドクターに村瀬雅也を片づけさせたんじゃないのかな」
「こっちもそう筋を読んだんで、少し前に『救心医療センター』を訪ねたんだよ。だが、男性医療スタッフは誰ひとりとして口髭なんか生やしてないそうだ」
「そう言ったのは誰なの?」
「総合受付にいた中年の女性職員だよ」
「その彼女、嘘をついてるんじゃないのかしら」
「何かを糊塗しようとしてる気配はうかがえなかったな。 医療ミスか何かあって、それを全スタッフで隠し通そうとしてる気配はうかがえなかったな。それに、こっちが怪しまれた様子もなかった」
「口髭をたくわえた勤務医がいなかったとしても、少し藤堂院長をマークしたほうがいいんじゃない? 村瀬を殺して逃走中の男は、付け髭を使ってたかもしれないでしょ?」

「なるほど、付け髭か」
「子供っぽい偽装工作だけど、見た目の印象はだいぶ違って見えるんじゃない?」
「だろうな」
「『救心医療センター』のホームページに医師たちの顔写真が掲げられてるかもしれないわよ。謙さん、チェックしてみたら?」
沙也加が先に電話を切った。
野上はスマートフォンを懐に戻すと、ノートパソコンを開いた。ホームページには藤堂院長以下、各科の医師の顔写真が載っていた。野上は男性医師の顔をひとりずつ改めて見た。しかし、犯人とおぼしき男はいなかった。
やはり、口髭をたくわえている勤務医はいなかった。
藤堂が帰京するまで時間がある。野上は病院関係者や見舞い客の姿を見かけたら、さりげなく探りを入れてみることにした。

4

口止めされているのか。

病院スタッフは一様に口が重かった。不自然なほどだった。

野上は『救心医療センター』の近くに立って、表に出てきた医療関係者を次々に呼び止めた。ヘッドハンティング会社の社員を装って探りを入れてみたが、何も手がかりは得られなかった。午後六時半を回っていた。

体の芯まで冷えきっている。手もかじかんでいた。寒い。猛烈に寒かった。

野上はプリウスに駆け戻った。

手早くエンジンを始動させ、空調の設定温度を上げる。病院スタッフには好条件をちらつかせたのだが、誰も興味を示さなかった。逃げるように立ち去った。

医療ミスはあったにちがいない。

野上は確信を深めた。一服してから、プリウスを走らせはじめた。

二十分そこそこで、藤堂の自宅に着いた。邸宅街でも一際目立つ豪邸だった。敷地は四百坪前後はありそうだ。庭木が多い。奥まった所に洋風の二階家が建っている。

野上は、車を藤堂邸の少し手前の路肩に寄せた。見通しは悪くない。運転席から門がよく見える。

野上はライトを消した。アイドリングさせたまま、私物のスマートフォンを取り出す。

藤堂宅の自宅の電話番号はすでに調べ済みだ。

電話をかける。少し待つと、藤堂夫人が受話器を取った。
「東都新聞社会部の者です。藤堂先生は、もう仙台から戻られましたでしょうか?」
野上は、もっともらしく問う。
「いいえ、まだ帰っておりません」
「昨夜は大変でしたね。三浦半島の別荘に無断で入り込んでた男が何者かに殺されましたでしょう?」
「ええ、大変迷惑してます」
「とんだ災難でしたね。奥さんに確認させてほしいことがあるんですよ」
「なんでしょう?」
「警察の聞き込みによると、藤堂先生はセカンドハウスに何度か被害者を招き入れてたというんですよ」
「そのことは三崎署の方から聞きましたが、事実ではありません。別荘の近くに住んでらっしゃる方たちがそう証言したということでしたが、夫は殺された村瀬雅也という男性とは一面識もないと申しておりました」
「先生はそう答えたそうですが、被害者の周辺の者の証言で二人に接点があったことは明らかなんですよ」

「えっ、そうなんですか!?」夫は、なぜ言ってくれなかったのでしょう？」
「何か都合の悪いことがあって、奥さんには言えなかったんではないかな」
「不都合なことがあった？」
 夫人が切り口上で問い返した。
「殺された村瀬という男は、藤堂先生を強請ってた疑いがあるんですよ。院長に何か弱みがあったのかもしれませんね」
「主人は五十代になってからは、女性問題でわたしを悩ませることもなくなりました。それまでは、だいぶ浮名を流していましたけどね」
「女性問題で村瀬という人に強請られてたんではないでしょう。一億五千万円近い大金です」
「主人がそのお金を脅し取られたとおっしゃりたいの？」
「そうなのかもしれません。というのは、被害者は親しい者にある総合病院が医療事故を隠してる事実を突きとめたと洩らしてたんですよ。推測だけで鎌をかけることは、明らかに反則だ。
 野上は、さすがに後ろめたかった。違法捜査と咎められても仕方がない。ルール違反だったが、正攻法ではなかなか真相に迫れないだろう。

「そんな話は中傷ですっ。『救心医療センター』は常に患者さん第一の医療活動に励んできたんです。医療事故があったなんて、とても考えられません。死んだ男は、悪質なデマを流したのよ。ええ、そうにちがいないわ」
「そうなんでしょうか」
「夫が身に覚えのないことで脅迫されて、多額の口止め料を払うわけなどありません。被害者が隠し持ってたという大金は、別の人から脅し取ったのでしょう」
「しかし、村瀬という人はお宅のセカンドハウスで殺害されたんですよ。しかも、凶器は外科手術用のメスでした」
「医療関係者じゃなくても、メスを手に入れる方法はあります。主人は誰かに陥(おとしい)れられそうになっただけだと思うわ。ええ、そうですよ」
「そうなのかな。参考までにうかがいたいんですが、過去一年間に辞めたドクターかナースはいませんか?」
「そんな質問に答える義務はありません。主人を犯罪者扱いするのは、やめてちょうだい!」
 夫人が金切り声で言って、乱暴に電話を切った。野上は苦笑し、私物のスマートフォンを所定のポケットに収めた。

それから間もなく、スマートフォンが震動した。野上はスマートフォンを手に取った。発信者は岩佐だった。

「厚生労働省の職員に探りを入れてみたんですが、医療事故による内部告発は一件もないとのことでした」

「そうか」

「先輩、がっかりするのは早いですよ。特捜部の特殊・直告係に『救心医療センター』の関係者と思われる人物から、匿名の告発がありました」

「本当かい？」

「ええ。告発者はドクターかナースかわかりませんが、医療事故の内容を克明に綴っています」

「中傷の告発ではなさそうだったのかな？」

「はい、そう感じました。去年の春のことですが、首の腫瘍の摘出手術を受けた三歳の男児が麻酔薬プロポフォールの副作用で死亡したんですよ」

「その麻酔薬は、小児患者への使用は禁じられてるんじゃなかったかな」

「よくご存じですね。プロポフォールは命に関わる重い副作用があるらしいんです。大量投与されてプロポフォール注入症候群を発症し、大学病院で十二人の子供が亡くなってま

す。そういうことで、使用が禁じられるようになったんですよ」
「そうか。三歳児の手術にには外科医のほかにも当然、麻酔医も立ち会ったんだろう？」
「と思いますが、そのあたりのことは記述されていませんでした。ですんで、特捜部はまだ内偵捜査も開始してないようですね」
「そうだろう」
「プロポフォールの使用を外科医か、麻酔医が故意に決定したとは考えられません。どちらかが麻酔薬のチェックを怠ったことによる医療事故だったんでしょう」
「そうかもしれないな。うっかりしたミスで、三歳の坊やが死んだ事実は重い。手術チームのメンバーの誰かが内部告発しただろうな」
「多分、そうなんでしょうね。告発者は、医療ミスで命を落とした坊やの氏名は付記していました。月原駆です。ありふれた姓ではないんで、同姓宅に片っ端から電話をかけてみたんですよ」
「死んだ坊やの両親宅がわかったんだな？」
野上は訊いた。
「ええ。駆の父は月原勉、母の名は美咲です。住まいは大田区千鳥一丁目ですね。月原

「夫妻に会えば、医療ミスをしたのが誰なのかわかるんじゃないんですか?」
「そうだな」
「ぼくは、麻酔医がナースに誤った指示をしてプロポフォールを用意させたのではないかと思ってるんですよ」
「そうだったとしても、看護師だけの責任じゃないな。麻酔医はもちろん、執刀医にも責任はある」
「そうですね。新たな情報を得たら、先輩にすぐ教えます」
 岩佐が電話を切った。
 野上はいったん藤堂宅を離れ、月原宅を訪ねることにした。プリウスを発進させ、大田区千鳥に向かう。
 環八通りに出ると、蒲田方面に走った。東急多摩川線の武蔵新田駅の手前で左折する。数百メートル進むと、月原宅があった。ごくありふれた木造モルタル塗りの二階家だった。敷地は四十五、六坪か。ブロック塀が巡らされている。
 野上はブロック塀の際にプリウスを駐め、月原宅のインターフォンを鳴らした。応対に現われたのは月原美咲だった。三十歳前後だろうか。
 野上は警察手帳を見せ、来意を告げた。

そのとたん、美咲が険しい表情になった。
「息子の駆は、『救心医療センター』で殺されたんですよ。麻酔薬の副作用で、集中治療室で息を引き取ったんです」
「医療スタッフの中の誰かが東京地検特捜部に医療事故があったと匿名で内部告発してるんですが、病院側はその事実を認めたんでしょうか?」
「執刀医と麻酔医は適量の全身麻酔薬イソフルランを駆に吸引させて、腫瘍の摘出手術に成功したと言ってたんです。でも、息子は数時間後に急性心不全で亡くなりました。素人のわたしたちも、麻酔薬の副作用があったんではないかと直感しましたよ」
「しかし、病院側は落ち度はなかったの一点張りだったんですね?」
「そうです。わたしたちは納得できなかったので、院長先生に説明を求めたんですよ。藤堂院長はイソフルランの空アンプルをわたしたちに見せて、手術時に使用したと言いました。麻酔薬の副作用で死んだなんてことは考えられないとも語ってた」
「そうですか」
「医学知識がないんで、わたしたち夫婦は何も反論できませんでした。釈然としないまま、子供の葬式を出しました。その翌日、駆の手術をサポートした看護師の八雲千秋さんが訪ねてきて、医療ミスがあったことを教えてくれたんです」

「詳しいことを教えていただけませんか」

野上は頼んだ。

「わたし、うまく説明できるかな。間違ったことを喋ってはまずいんで、いま、夫を呼んできます。お風呂上がりで、パジャマ姿なんですよ。少しお待たせすることになりますけど、かまいませんか?」

「ええ、待ちますね」

「すみませんね」

美咲が奥に引っ込んだ。

数分待つと、夫の月原勉が先に奥から現われた。三十三、四歳だろう。美咲が夫の横にたたずむ。綿ネルの長袖シャツの上にフリースを重ねている。

野上は月原に警察手帳を見せて、姓を名乗った。

「八雲という看護師は、医療ミスがあったとご夫婦に明言したんですね?」

「ええ。使用された麻酔薬はイソフルランではなく、プロポフォールだったと打ち明けてくれました。最初はイソフルランを使うことになっていたらしいんですが、手術直前に麻酔医の藤堂尚吾が独断でプロポフォールに変更したそうなんですよ」

「麻酔医は院長と同姓ですが、血縁者なんですか?」

「院長の甥ですよ。叔父が理事長と院長を兼ねているんで、藤堂尚吾は病院内で大きな顔をしてるんです。年上のドクターと対等の口をきいて、入院患者に接する態度もでかいですね」

「そうですか」

「八雲さんは、小児患者にプロポフォールを投与するのは禁じられてるはずだと麻酔医に言ったらしいんです。でも、量を少なくするから別に問題はないと取り合ってくれなかったそうです。それどころか、藤堂尚吾は執刀医の若杉先生を無視して勝手に手術室から八雲さんを追い出したというんです。若杉先生は四十二歳ですから、麻酔医よりも八つも年上なんですがね。院長が叔父なんで、威張ってるんですよ。おそらく麻酔医の父親は官僚で、いまは天下った特殊法人の理事長をやってるようです。麻酔医の親父さんも尊大なんでしょう」

「八雲さんにお目にかかって、詳しいことを知りたいな。八雲さんの連絡先、ご存じですか?」

「八雲さんは亡くなりました。二十八でした」

月原が暗い顔になった。

「いつ亡くなったんでしょう?」

「去年の八月です。八雲さんは四月に『救心医療センター』を辞めて港区内の内科クリニックに移ったんですが、歩道橋の階段から転落死したんですよ。足を踏み外したんでしょうけど、わたしたち夫婦は……」
「誰かに突き落とされて死んだのではないかと疑ってるんですね?」
「ええ、まあ」
「そうですか」
 野上は口を閉じた。医療事故のことを内部告発したのが八雲千秋だとしたら、『救心医療センター』の関係者が口を封じた疑いが出てくる。
 医療ミスが公になったら、厚生労働省は高度な医療を提供できる〝特定機能病院〟の承認を取り消すだろう。
 病院のランクが格下げになったら、患者は確実に減る。藤堂院長は病院を存続させるため、八雲千秋を階段から転落させたのか。あるいは、甥の麻酔医が正義感のあるナースの背中を強く押したのだろうか。
「証拠があるわけではありませんけど、八雲さんは医療ミスがあったことをわたしたちに打ち明けたので、殺されたんだと思います」
 美咲が言った。

「そうだったとしたら、あなた方も命を狙われたんではありませんかね。身に危険が迫ったことは?」
　野上は訊いた。
「ありません」
「ご主人はどうでしょう?」
「わたしも同じですが、八雲さんは事故死ではなかったんでしょうね」
「八雲さんが転落したのは、どこなんですか?」
「渋谷の宮益坂上歩道橋です。所轄の渋谷署は事故死として処理したようですよ」
「担当が違いますが、すぐに調べてみます」
「ぜひお願いします。他殺だったら、八雲さんは浮かばれません。刑事さん、息子の死が別の事件と結びついてる疑いがあるのでしょうか?」
「詳しいことは話せませんが、藤堂院長を強請ってたと思われる人間が三人も相次いで殺害されたんですよ。そのうちのひとりは、外科手術用のメスで頸動脈を切断されました」
「それだったら、連続殺人事件に藤堂院長が絡んでるにちがいありません。おそらく院長は医療事故のことで、死んだ三人に脅迫されてたんでしょ?」
「そういう疑惑はありますが、医療関係者がメスを凶器に使いますかね。わざわざ足がつ

「言われてみれば、そうですね。連続殺人犯は別のことで藤堂和馬に恨みがあって、院長に濡衣を着せたかったんだろうか」
「そうとも考えられますね。それはそうと、麻酔医の藤堂の自宅まではわからないでしょうね?」
「いえ、わかりますよ。『救心医療センター』の斜め裏にある『奥沢アビタシオン』の五〇五号室が自宅です。執刀医の若杉先生の自宅は世田谷区上馬一丁目にあります。番地までは思い出せませんけど。戸建て住宅です。わたしたち二人は、若杉先生の自宅に行って医療ミスがあったかどうかを詰問したことがあるんですよ。先生は病院側に落ち度はなかったと言ってました。八雲さんは何か勘違いをしてるんではないかとおっしゃってたな」
「そうですか。予告なしにお邪魔して迷惑だったでしょうが、どうかご勘弁を……」
野上は夫婦に言って、暇を告げた。
表に出ると、レスラーのような大男がプリウスの横に立っていた。三十二、三歳だろうか。髪型はクルーカットだった。肩が分厚い。
「何か用かな?」
野上は巨漢に歩み寄った。

「おたく、何者なんだ？『救心医療センター』は医療ミスなんかしてねえぞ。月原駆とかいうガキは麻酔薬の副作用で死んだわけじゃない」
「藤堂院長の回し者らしいな」
「フリーライターか何かなんだろうが、あまり嗅ぎ回らないほうがいいぜ。長生きしたかったら、『救心医療センター』に近づかねえことだな」
「こっちは誰かに命令されると、逆らいたくなる性質なんだよ」
「なめやがって」
 大男が前蹴りを放った。
 野上は軽やかにステップバックして、挑発的な笑みを浮かべた。
 相手が羆のように両腕を掲げ、組みついてくる体勢になった。野上はステップインして、大男の胃に拳を叩き込んだ。相手が呻き、腰の位置を落とす。
 すかさず野上は右のフックを見舞った。パンチは相手の頬骨のあたりに炸裂した。大男が突風に煽られたように体を泳がせ、路上に倒れ込んだ。ほとんど同時に、長く呻いた。
 野上は相手に近寄って、脇腹に鋭い蹴りを入れた。大男が野太く唸り、手脚を縮める。
「藤堂院長に、こっちの正体を探ってくれって頼まれたんだろ？」
「何も喋らねえぞ、おれは」

「なら、公務執行妨害で現行犯逮捕することになるな」
「お、おたく、刑事だったのか!?」
「そうだ」
 野上は警察手帳を短く見せた。大男が肘を使って上体を起こす。
「藤堂先生はブラックジャーナリストにあやつけられるかもしれないと感じ、新聞記者化けて自宅に電話してきた男の正体を突きとめてくれと言ったんだよ。おそらく去年の春て三年前から個人で便利屋をやってんだ」
に急性心不全で死んだガキの家に行くだろうからって、月原夫妻の住所を教えてくれたんだ」
「そっちは、院長のボディーガードなのか?」
「いや、おれは便利屋だよ。総合格闘技をやってたんだが、コロナのせいで喰えなくなって三年前から個人で便利屋をやってんだ」
「名前を訊いておこうか」
「有沢、有沢隆幸だよ。おたくのパンチ、重かったぜ。ボクサー崩れなんじゃねえの?」
「学生時代にちょっとボクシングをやってただけだよ。そんなことより、月原駆という坊やは医療事故で死んだんだろ?」
「えっ、そうなのか!? 藤堂先生は医療ミスなんかなかったと言ってたけどな」

「そっちは知らないようだな。大目に見てやるから、早く消せろ。ただし、おれが刑事であることを藤堂院長に喋ったら、手錠打つことになるぞ」
「先生には、おたくの正体を摑めなかったと言っとくよ」
「そうしろ」
野上は言った。
有沢が立ち上がり、速足で歩み去った。野上はプリウスに乗り込むと、伏見刑事課長に電話をかけた。捜査の経過を報告し、八雲千秋なら、藤堂院長が誰かに告発者を殺らせた疑いがあるな」
「医療事故を内部告発したのが八雲千秋なら、藤堂院長が誰かに告発者を殺らせた疑いがあるな」

伏見が言った。
「他殺だった疑いは濃いと思います。院長は医療事故の件で、村瀬雅也に多額の口止め料を脅し取られたんでしょう。最初に医療ミスのことを知ったのは篠だと思われます。村瀬茜は恐喝代理人として藤堂に会う予定だったんでしょうが、そうする前に殺害されてしまった」
「弟の雅也が姉の遺品の中に恐喝材料が混じってたことに気づいて、藤堂院長を強請ったんだろうね。そうなら、一連の連続殺人事件の首謀者は藤堂和馬で決まりだな」

「そうなんでしょうが、何か釈然としないんですよ。村瀬は、外科手術用のメスで頸動脈を搔っ切られました。そのことが作為的に思えて……」
「まあ、そうだがね」
「これから駆くんの手術を担当した外科医と麻酔医に会って、医療事故の有無をはっきりさせます。それが先決ですんでね」
　野上は電話を切って、シフトレバーをDレンジに入れた。

　　　　　　5

　玄関ホール脇の応接間に通された。
　外科医の若杉悠の自宅だ。野上はコーヒーテーブルを挟んで向かい合っている若杉を見据えた。来訪したときから、若杉はまともに目を合わせようとしない。疲しさがあるからだろう。
「若杉さん、正直に答えてほしいんですよ。月原駆の手術時に医療ミスがあったんではありませんか？」
「ミスなどありませんよ」

「医者としての良心があるなら、本当のことを喋ってほしいな。手術時にはイソフルランを使用することになっていた。しかし、院長の甥の藤堂尚吾が独断でプロポフォールに変更した。あなたよりも八つ若い麻酔医は院長が叔父なので、わがままに振る舞えなかっただけではなく、医療スタッフの多くが藤堂尚吾の振る舞いには苦りきってたんでしょう」

「彼は身勝手なとこがあるけど、執刀医はわたしだったんです。麻酔医の藤堂君がわたしに相談することなく独断で麻酔薬を変更できるわけありませんよ」

「手術のサポートをしていた女性看護師がプロポフォールの副作用で三歳の坊やが急性心不全で亡くなったと東京地検特捜部に内部告発しているんですよ。つまり、医療事故があったと告発したわけです」

「八雲さんなんですね、内部告発したのは。麻酔をかける段階まで立ち会ったナースは彼女ひとりだけでしたんで」

「匿名による内部告発でしたが、そう考えてもいいでしょう。八雲千秋さんは『救心医療センター』を依願退職して、別のクリニックに移りました。医療事故を隠蔽したことが赦せなかったんで、職場を変えたんでしょうね」

「そうなんでしょうか。わたしには、よくわかりません」

「八雲さんが渋谷の歩道橋の階段から転げ落ちて亡くなったことはご存じですよね?」
「ええ。何かで急いでたんでしょう。優秀なナースだったんですが、惜しいですね」
「若杉さんは、事故死と思われてるようだな」
「えっ、違うんですか!?」
「おそらく八雲さんは、誰かに階段から突き落とされたと思われます。医療事故のことを言い触らされたら、『救心医療センター』は廃業に追い込まれるだろうな」
「まさか麻酔医の藤堂君が八雲さんの背中を強く……」
「そう思われたのは、藤堂尚吾が独断で麻酔薬をプロポフォールに変更したことを知ったからだろうな」

野上は小さく笑った。訪問したときから、懐に忍ばせたICレコーダーは作動していた。

「藤堂尚吾が独断で危険な麻酔薬に変更したことをあなたは黙認してしまったわけだ」
「院長は子宝に恵まれなかったんで、甥を次期の院長に据える気なんですよ。院長や甥っ子に疎まれたら……」
「出世できない?」
「ええ、まあ」

若杉が頭髪を掻き毟った。

「それでも、あなたは医者なのかっ。麻酔薬を変えなかったら、三歳の坊やは死んでなかったでしょう。執刀医のあなたが主導権を握ってるはずなのに、打算や思惑で麻酔医の暴走を阻止できなかった。あなたと藤堂尚吾が、わずか三つの坊やを殺したようなものだ」
「それは言い過ぎじゃないのかな」
「いや、そうでしょ！　医療事故を隠した院長の責任も重い。あなたたち二人と同罪だな」
「…………」
「院長か甥が八雲千秋の死に関与してたら、あなたも事故死に見せかけて殺されるかもしれないな」
「そ、そんなことは……」
「考えられなくはないでしょ？　医療事故が表沙汰になったら、『救心医療センター』は経営が危うくなるだろう。あなたも殺られそうだな。出世や保身よりも命のほうが大事でしょうが！」
「わたしが意気地なしだったんです。プロポフォールの使用を禁じてれば、駆ちゃんは死なずに済んだでしょう。いまさら悔やんでも仕方ありませんけど、人の命を預かっているドクターとしては……」

「失格ですね」
 野上は言葉を飾らなかった。若杉がうつむき、声を殺して泣きはじめた。野上は冷めかけた日本茶を無言で飲んだ。
 少し経ってから、若杉が顔を上げた。
「わたし、『救心医療センター』を辞めます」
「別の病院に移っても、あなたの罪は消えません。月原駆の両親にきちんと謝罪して、行政処分を受けるべきだな」
「医業停止処分は免れないでしょうが、藤堂院長は医療ミスのことで誰かに強請られてたはずなんだが……」
「そうすべきですね。それはそうと、麻酔医を窘めなかった責任は負います」
「わたし、そのあたりのことは知りません。麻酔医の藤堂君なら、何か知ってそうだな」
「そうでしょうね。ご協力に感謝します」
 野上はソファから立ち上がり、応接間を出た。若杉は見送りに立たなかった。今後のことを考え、来訪者を見送るだけの余裕がなかったのだろう。
 若杉宅を出て、プリウスの運転席に乗り込む。
 野上はポーチに出てから、ICレコーダーの停止ボタンを押した。

野上は車を奥沢に走らせた。

藤堂尚吾の自宅マンションを探し当てたのは二十数分後だった。『奥沢アビタシオン』は『救心医療センター』から数百メートルしか離れていなかった。

野上はプリウスを暗がりに停めた。

エンジンを切ったとき、伏見刑事課長から電話がかかってきた。

「例の件の関係調書を地域課から取り寄せて、二度ほど目を通したよ。千秋の片方のパンプスとバッグが転がってたんで、足を踏み外したんだろうと地域課は判断したと記述されてた。警察医が転落によって首の骨を折ったという結論を出したんで、行政解剖はされなかったんだ。変死じゃないんでね」

「転落した瞬間を目撃した者はいなかったんだ」

「残念ながら、いなかったらしい。午後十時過ぎだったんで、歩道橋の周辺に人はいなかったんだろうな」

「気になる外傷もなかったんでしょうか」

「転落時に負った擦り傷や打撲傷以外、不審な傷痕はなかったようだね。ただ、地域課員が現場に急行したとき、八雲千秋の上着の右肩が少し濡れてたみたいなんだ。そう記述されてたんだが、当夜は晴れてた。どういうことなんだろうね？」

「伏見さん、八雲千秋は階段を降りはじめて間もなく、背後から氷の塊をぶつけられたのかもしれませんよ」

野上は言った。

「それで驚いて、ステップを踏み外して階段の下まで転げ落ちてしまったんだろうか。だから、上着の一部が湿ってたのかな」

「雨天ではなかったんです。着衣の一部が濡れるわけはないでしょう?」

「そうだね。他殺とも考えられるな」

「八雲千秋が転落した前後、不審車輛は目撃されてないんですか?」

「怪しい車は目撃されてないんだが、転落事故が起こる前に四十年配の男が歩道橋を上がったり降りたりしてたらしいんだよな。ハンチングを被ってたんで、顔はよく見えなかったそうだが……」

「目撃証言者は誰なんです?」

「歩道橋近くのオフィスビルで働いてるサラリーマンだが、その人物も八雲が転落する瞬間は見てない」

「ハンチングを被ってた奴が歩道橋の反対側の階段に身を伏せてて、八雲千秋の肩にキューブアイスを投げつけたのかもしれませんね」

「そうなんだろうか。そういえば、地域課長が妙なことを言ってたな。転落騒ぎがあって三週間が過ぎたころ、八雲千秋は殺されたのかもしれないから調べ直してほしいと誰かが電話してきたらしいんだ。故人のことをよく知ってるような口ぶりだったというから、親しい友人か身内なのかもしれないな。二、三十代の女性の声みたいで、公衆電話だったらしいよ」

「公衆電話からの発信だったんですか」

「そう。八雲千秋の友人か身内なら、きちんと名乗っただろう。いたずら電話だったんじゃないのかね」

「電話をしてきた者は何か理由があって、素姓を明らかにできなかったのかもしれません。たとえば、警察に捜査をし直してくれと頼んだことを知られたら、自分も命を狙われそうだったとか」

「そういうこともあるかもしれないな。八雲千秋は医療ミスがあったと内部告発してるわけだから、他殺だとしたら、『救心医療センター』の理事長兼院長の藤堂和馬が加害者なんだろう」

「甥の藤堂尚吾が医療ミスをした張本人ですので、麻酔医も怪しいことは怪しいな。そうだね。執刀医の若杉には接触できたのか?」

刑事課長が問いかけてきた。野上は、若杉の供述したことをそのまま伝えた。
「若杉が白状したんなら、麻酔医の藤堂尚吾も医療事故を起こしたことを認めるだろう。そして、一連の事件の絵図を画いた黒幕の名を吐くと思うよ。野上君、院長の甥っ子を揺さぶってみてくれ」
「そうするつもりでした」
「藤堂尚吾がなかなか口を割らないようだったら、きみの必殺パンチを喰らわせてやれよ。半分、冗談だぞ。問題にならないよう上手に追い込んでくれないか」
伏見が電話を切った。
野上はポリスモードを所定のポケットに突っ込み、車を降りた。『奥沢アビタシオン』に足を向け、集合インターフォンのテンキーを押す。五〇五号室だ。
なんの応答もない。どうやら麻酔医は留守のようだ。野上はプリウスの中に戻り、藤堂尚吾の帰りを待つことにした。
麻酔医がタクシーで帰宅したのは午後十一時半過ぎだった。ホームページに載っていた写真より幾分、若く見える。
野上は静かに車を降り、アプローチを進んでいた麻酔医を呼び止めた。立ち止まった藤堂の息は酒臭かった。

「どなたかな?」

「渋谷署の者です」

野上は藤堂の片腕をむんずと摑み、懐からICレコーダーを取り出した。

「な、何なんだよっ」

「外科医の若杉悠は医療ミスで月原駆という三歳の坊やを死なせたことを認めた」

藤堂が身を捩った。

「なんの話をしてるんだ!? さっぱりわからないっ。手を放してくれ!」

野上は力を緩めなかった。録音音声を再生させる。

藤堂が目を剝いた。何か言いかけたが、すぐ口を噤んだ。

やがて、音声が熄んだ。野上は停止ボタンを押した。

「そのレコーダーごと譲ってくれないか。そちらの言い値で買わせてもらう」

「見くびるな。おれは現職の警察官だぞ」

「わかってるよ。叔父と相談して、五千万円用意する。それで、医療ミスはなかったことにしてくれないか。お願いだよ」

藤堂が片手で拝む恰好をした。野上はICレコーダーを懐に戻してから、膝頭で麻酔医の股間を蹴り上げた。

藤堂が唸りながら、その場にしゃがみ込む。
「刑事を買収できると思ってるのかっ。ふざけんな！　半殺しにしちまうぞ」
「小児患者にプロポフォールを使ったことが表沙汰になったら、『救心医療センター』は終わりだ。院長の叔父とぼくの人生は暗転してしまう」
「自業自得だな。藤堂和馬は医療事故を恐喝の種にされたんで、ブラックジャーナリストの篠、村瀬姉弟の三人を犯罪のプロに始末させたんじゃないのか。その前に、医療ミスのことを内部告発したナースの八雲千秋も事故に見せかけて片づけさせたんだろうな」
「叔父が医療ミスのことで誰かに強請られてる様子だったのは感じ取ってたが、それ以外は何も知らないんだよ。本当なんだ。叔父がぼくの知らないとこで何をしてたのか、まるでわからないんだよ」
「そっちは、院長に医療事故のことを何もかも報告したのか？」
「隠し切れないと思ったんで、すべて話したよ。ナースの八雲のこともね。叔父は憮然(ぶぜん)とした表情になったが、うまく切り抜けるから心配するなと言ってくれたんだ」
「そうか。院長もそっちも医療に携わる資格はないな。本気で転職を考えろ！」
　野上は言い捨て、踵(きびす)を返した。

五日後の夜明け前である。

野上は、フロントガラス越しに藤堂邸に目を向けていた。まだ薄暗い。

これまで少し動きがあった。

麻酔医の藤堂尚吾を追及したのは四日前の深夜だ。野上が去って十数分後、藤堂は自宅マンションの非常階段の八階の踊り場から飛び降りて自ら命を絶った。遺書はなかった。麻酔医は医療事故を暴かれ、自分の前途は閉ざされたと絶望感を深めたのだろう。

その翌日、外科医の若杉が失踪した。家族には何も言わずに消えてしまった。若杉は死に場所を見つけるため、姿をくらましたのか。それとも、破滅の予感を覚えた藤堂和馬が第三者に若杉を葬らせたのだろうか。後者かもしれない。

麻酔医の密葬は、きのう営まれた。野上は、故人の叔父はむろん参列すると踏んでいた。

出棺後、藤堂和馬に迫る気だった。

しかし、『救心医療センター』の理事長兼院長は愛情を注いでいた甥の弔問に訪れなかった。それほどショックが強く、悲しみにくれていたのだろう。

野上は二日前に近所の聞き込みで、藤堂がいつも夜明け前後に愛犬のグレートデンを散歩させているという情報を得ていた。だが、甥が自死してから犬を散歩させる日課は中断

されていた。大型犬は運動不足になると、無駄吠えをする傾向がある。今日あたりから、愛犬を散歩させるのではないか。野上はそう予想し、午前四時過ぎから藤堂宅の斜め前で張り込んでいた。今朝も冷え込みが厳しい。

自宅から愛犬とともに藤堂が現われたのは、五時数分前だった。濃紺のダウンコートを着込んだ藤堂はグレートデンに引っ張られる形で、邸宅街をゆっくりと歩きだした。田園調布駅とは逆方向だった。

野上は藤堂の後ろ姿が小さくなってから、プリウスを低速で走らせはじめた。高級住宅街はひっそりと静まり返っている。人っ子ひとり通らない。グレートデンは一度も立ち止まらなかった。太

野上はちょくちょく車を路肩に寄せながら、用心深く藤堂と大型犬の後を追った。散歩コースは決まっているようだった。い引き綱（リード）は、ほとんど弛（たる）まなかった。

やがて、藤堂は邸宅街の中にある樹木の多い公園に吸い込まれた。

野上は公園の際にプリウスを停めた。

一分ほど過ぎてから、そっと車を降りる。野上は園内に足を踏み入れ、緩（ゆる）やかな傾斜のついている遊歩道を下った。園の中央部は盆地状になっていた。

藤堂はベンチに腰かけ、銀髪を両手で撫で上げている。その目は、近くの灌木に注がれたままだ。甥の医療事故によって、人生を狂わされたことを呪っているのか。思い詰めた表情だった。虚ろにも映った。

グレートデンはベンチのそばの巨木に繋がれ、飼い主を見つめている。不安げだ。何か悪い予感を覚えているのだろうか。

野上は大股で進み、ベンチの前で立ち止まった。

「きみは？」

藤堂が訊いた。野上は無言で警察手帳を呈示した。

「わたしは警察の世話になるようなことはしてないぞ」

「そうでしょうか。藤堂さん、あなたは甥の藤堂尚吾の医療ミスを隠そうとして、悪事を重ねてしまった。違いますか？」

「きみ、無礼じゃないかっ」

「もう観念したら、どうなんですっ。あなたの甥はプロポフォールを独断で使用し、三歳の坊やを死なせてしまった。月原駆君が副作用で急性心不全に陥ったことを手術に立ち会ったナースが内部告発したんですよ。執刀医だった若杉さんとあなたの甥は医療事故のことを認めたんです」

「やっぱり、そうだったのか」
　藤堂尚吾は前途を悲観して人生に終止符を打ったんでしょう。若杉外科医は三日前から行方不明ですが、もしかしたら、あなたが誰かに若杉さんを……」
「わたしは若杉君の失踪には絡んでない。彼は行政処分を受ける前にこの世から消えたくなったんだろう」
　藤堂が呟くように言った。
「そのことはいいでしょう。あなたは、ブラックジャーナリストの篠誠に医療ミスのことを知られ、強請られてましたね。そうなんでしょ？」
「篠は電話で脅迫してきたんだが、わたしは相手にしなかったよ」
「篠は恐喝の相棒の村瀬茜に揺さぶりをかけさせたんじゃないですか」
「いや、そういうことはなかったよ。しばらく経ってから、また篠が電話をかけてきて、医療事故のことを内部告発した八雲千秋を亡き者にしてやるから、口止め料と殺しの成功報酬として併せて二億円寄越せと……」
「あんたは、篠に内部告発者を殺らせたのかっ」
「そうでもしなければ、わたしと甥の尚吾は終わりだからな。篠は、宮益坂上歩道橋の階段を降りはじめた八雲千秋の肩に氷の塊を力一杯にぶつけたらしい。それで、ナースの八

「村瀬雅也には医療ミスと殺人依頼の件を恐喝材料にされたわけか」
雲はステップを踏み外して階段の下まで落ちたというんだ」
め料を払って、鴨居のセカンドハウスを自由に使わせてたわけか」
「村瀬には、篠と同じ額の金を払ったよ」
「恐喝は一度では済まないと考え、あんたは犯罪のプロに篠、村瀬姉弟の三人を始末させたんだなっ」
「そうじゃない。違うよ。わたしは篠に八雲千秋の口を塞いでくれと頼んだだけで、三人を誰にも殺させてない。本当なんだ」
「見苦しいぞ。それじゃ、篠と村瀬姉弟の三人は誰が殺害したんだ?」
「わからない。もしかしたら、八雲千秋の姉が……」
「どういうことなんだ?」
「八雲千秋は生後間もなく母方の伯母の養女になったんだ。伯母夫婦には子供がいなかったんでね。実の父が千秋の生まれる直前に事故死してしまったんで、実母は二つ違いの姉さんだけしか育てる自信がなかったんだと思う。それで泣く泣く次女を養子に出すことにしたんだろう。姉妹は別々に暮らしてたんだが、しょっちゅう行き来して仲がよかったみたいだね」

「とっさに思いついた作り話なんだろうが、そこそこのリアリティーはあるな」

野上は口を歪めた。

「嘘じゃない。探偵社の調査員が八雲千秋の事故死を怪しんだ姉が真相を探ろうとしてると報告してきたんだよ」

「もしかしたら、千秋の姉は村瀬真理じゃないのか?」

「そうだよ」

藤堂がうなずき、ベンチから転げ落ちた。首にはアーチェリーの矢が突き刺さっていた。即死だったのだろう。グレートデンが吠えはじめた。

鏃（やじり）は喉から七、八センチ突き出ている。藤堂は地に伏せたまま、まったく動かない。

そのとき、樹木の奥から黒いキャップを被った口髭の男が現われた。アーチェリーの弓を左手で握っている。どこか中性的だ。

野上はショルダーホルスターからシグP230Jを引き抜いた。

「きみは村瀬真理じゃないのか?」

「そうです。わたし、篠誠に階段から転落させられた妹の千秋の仇を討ってやりたかったんですよ。捜査を混乱させて、すみませんでした」

真理がキャップを取り、付け髭を剥がした。
「なぜ、夫や義理の姉さんまで殺してしまったんだ?」
「妹から内部告発のことを打ち明けられたんで、わたし、夫に相談したんですよ。東京地検の特捜部がなかなか内偵捜査をしないと千秋が焦れていましたんでね」
「それで?」
野上は拳銃をホルスターに戻した。
「夫は義姉に相談して、妹の力になってくれると約束してくれました。でも、姉弟は共謀して藤堂和馬から多額の口止め料をせしめる計画を立てたんです。篠は妹を事故死に見せかけて、二億円を手に入れたようです。夫も医療ミスと殺人教唆を恐喝材料にし、藤堂から二億円脅し取ったんです。背信ですよ」
「学生時代、アーチェリー部に所属してたようだな」
「そうです。だから、握力は強いんですよ。義姉や篠の首を絞めるのは割に簡単でした。整髪料を使って夫が須賀敬太の革ベルトで篠を殺害したように細工したのは、妹の恨みを完璧(かんぺき)に晴らしたかったからです」
「そのための時間稼ぎだったのか」
「ええ、そうです。須賀のベルトを悪用したのは、あの男が夫がいないときにマンション

に来て、わたしを穢したからです。そのとき、夫のベルトと須賀の物を交換したんですよ」
「犯行にメスを使ったのは、旦那が医療関係者に殺害されたと見せかけたかったんだな?」
「その通りです。妹を篠に殺させた藤堂和馬の命を奪うまでは、何がなんでも捕まりたくなかったんです。メスは知り合いの外科医に廃棄予定の物を分けてもらったんです。なんとか目的を果たせましたんで、妹の千秋も成仏できるでしょう」

真理が微笑した。

「妹さんは、姉が報復殺人をすることなんか望んでなかったんじゃないか」
「そうかもしれません。でも、わたしは妹の正義感を踏みにじった四人がどうしても赦せなかったんです。死刑になることを覚悟して、殺人を重ねたんです。悔いはありません」
「死刑は免れないだろうな」
「お騒がせしました。手錠を掛けてください」
「妹さんの墓参りをして、母親に別れの挨拶をしてから所轄署に出頭するんだね」
「それでいいんですか?」

「こっちの気が変わらないうちに早く消えてくれ」
 野上は言った。
 真理が深々と頭を垂れ、樹々の向こうに消えた。アーチェリーの弓を握ったままだった。
 グレートデンは飼い主の亡骸を見ながら、悲しげに鳴いている。
「おまえはひと足先に家に帰れよ」
 野上は大木に歩み寄って、引き綱を手早くほどいた。
 グレートデンが飼い主に駆け寄って、死者の頬を舐めはじめた。当分、藤堂から離れそうもなかった。
 夜が明けたら、誰かが死体を発見するだろう。村瀬真理は数時間以内には出頭するにちがいない。それまで署長にも刑事課長にも連絡するつもりはなかった。
 手柄を所轄署に譲ることになるが、そんなことはどうでもいい。真相に迫ったのは自分だ。それだけで充分だった。誇りは保てる。
 野上は出入口に足を向けた。
 いつの間にか、東の空は明るんでいた。朝焼けは哀しいまでに美しかった。

二〇一五年二月　祥伝社文庫刊

光文社文庫

支援捜査 遊軍刑事・野上謙
著者 南 英男

2025年3月20日 初版1刷発行

発行者	三　宅　貴　久
印　刷	堀　内　印　刷
製　本	ナショナル製本

発行所　株式会社 光 文 社
〒112-8011　東京都文京区音羽1-16-6
電話 (03)5395-8147 編 集 部
　　　　　8116 書籍販売部
　　　　　8125 制 作 部

© Hideo Minami 2025
落丁本・乱丁本は制作部にご連絡くだされば、お取替えいたします。
ISBN978-4-334-10579-2　Printed in Japan

R <日本複製権センター委託出版物>
本書の無断複写複製（コピー）は著作権法上での例外を除き禁じられています。本書をコピーされる場合は、そのつど事前に、日本複製権センター（☎03-6809-1281、e-mail : jrrc_info@jrrc.or.jp）の許諾を得てください。

組版　堀内印刷

本書の電子化は私的使用に限り、著作権法上認められています。ただし代行業者等の第三者による電子データ化及び電子書籍化は、いかなる場合も認められておりません。

光文社文庫 好評既刊

当確師 十二歳の革命 真山 仁	光 道尾秀介
向こう側の、ヨーコ 真梨幸子	満月の泥枕 道尾秀介
シェア 真梨幸子	サーモン・キャッチャー the Novel 道尾秀介
ワンダフル・ライフ 丸山正樹	眼 三津田信三
新約聖書入門 三浦綾子	赫 さ 三津田信三
旧約聖書入門 三浦綾子	ポイズンドーター・ホーリーマザー 湊 かなえ
極め道 三浦しをん	ブラックウェルに憧れて 南 杏子
舟を編む 三浦しをん	反骨 南 英男
江ノ島西浦写真館 三上 延	悪報 南 英男
消えた断章 深木章子	謀略 南 英男
なぜ、そのウイスキーが謎を招いたのか 三沢陽一	破滅 南 英男
なぜ、そのウイスキーが死を招いたのか 三沢陽一	刑事失格 南 英男
冷たい手 水生大海	女殺し屋 南 英男
だからあなたは殺される 水生大海	復讐捜査 南 英男
宝の山 水生大海	毒蜜 快楽殺人 決定版 南 英男
ラットマン 道尾秀介	毒蜜 謎の女 決定版 南 英男
カササギたちの四季 道尾秀介	毒蜜 闇死闘 決定版 南 英男
	毒蜜 裏始末 決定版 南 英男

光文社文庫 好評既刊

毒蜜 七人の女 決定版	南 英男
毒蜜 首都封鎖	南 英男
接点 特任警部	南 英男
盲点 特任警部	南 英男
猟犬検事	南 英男
猟犬検事 密謀	南 英男
猟犬検事 堕落	南 英男
猟犬検事 破綻	南 英男
悪 スコーレNo.4	宮下奈都
神さまたちの遊ぶ庭	宮下奈都
つぼみ	宮下奈都
ワンさぶ子の怠惰な冒険	宮下奈都
クロスファイア(上・下)	宮部みゆき
スナーク狩り	宮部みゆき
チヨ子	宮部みゆき
長い長い殺人	宮部みゆき
鳩笛草 燔祭／朽ちてゆくまで	宮部みゆき
刑事の子	宮部みゆき
贈る物語 Terror	宮部みゆき編
森のなかの海(上・下)	宮本 輝
三千枚の金貨(上・下)	宮本 輝
美女と竹林	森見登美彦
奇想と微笑 太宰治傑作選	森見登美彦編
美女と竹林のアンソロジー	森見登美彦リクエスト！
棟居刑事の代行人	森村誠一
棟居刑事の砂漠の喫茶店	森村誠一
春や春	森谷明子
南風吹く	森谷明子
遠野物語	森山大道
友が消えた夏	門前典之
神の子(上・下)	薬丸 岳
ぶたぶたの日記	矢崎存美
ぶたぶたの食卓	矢崎存美

光文社文庫 好評既刊

ぶたぶたのいる場所 矢崎存美	森のシェフぶたぶた 矢崎存美
ぶたぶたと秘密のアップルパイ 矢崎存美	編集者ぶたぶた 矢崎存美
訪問者ぶたぶた 矢崎存美	ぶたぶたのティータイム 矢崎存美
再びのぶたぶた 矢崎存美	ぶたぶたのシェアハウス 矢崎存美
ぶたぶたさん 矢崎存美	出張料理人ぶたぶた 矢崎存美
ぶたぶたは見た 矢崎存美	名探偵ぶたぶた 矢崎存美
ぶたぶた図書館 矢崎存美	ランチタイムのぶたぶた 矢崎存美
ぶたぶた洋菓子店 矢崎存美	ぶたぶたのお引っ越し 矢崎存美
ぶたぶたのお医者さん 矢崎存美	湯治場のぶたぶた 矢崎存美
ぶたぶたの本屋さん 矢崎存美	緑のなかで 椰月美智子
ぶたぶたのおかわり! 矢崎存美	生ける屍の死(上・下) 山口雅也
学校のぶたぶた 矢崎存美	しんきらり やまだ紫
ぶたぶたの甘いもの 矢崎存美	永遠の途中 唯川恵
ドクターぶたぶた 矢崎存美	ヴァニティ 唯川恵
居酒屋ぶたぶた 矢崎存美	刹那に似てせつなく 新装版 唯川恵
海の家のぶたぶた 矢崎存美	バッグをザックに持ち替えて 唯川恵
ぶたぶたラジオ 矢崎存美	ブルシャーク 雪富千晶紀

光文社文庫最新刊

入れ子細工の夜　　阿津川辰海	世田谷みどり助産院　　泉ゆたか
京都哲学の道　こころばえの石売る店で　　大石直紀	P町の親子たち　　宮口幸治
60％　　柴田祐紀	怪物なんていわないで　　田丸雅智
あざやかな結末　「謎(ミステリー)」3分間劇場①　　赤川次郎	見習い同心と冥府の使者　　霜月りつ
支援捜査　遊軍刑事(デカ)・野上謙　　南英男	定廻り殺し　徒目付勘兵衛　　鈴木英治